AUTOBIOGRAPHIE DE MON PÈRE

PIERRE PACHET

Autobiographie de mon père

POSTFACE PAR J.-B. PONTALIS

ÉDITIONS AUTREMENT

ISBN : 2-253-08287-2 – 1re publication – LGF
ISBN : 978-2-253-08287-3 – 1re publication – LGF

Sans doute est-il nécessaire que je m'explique, moi Pierre Pachet, sur le texte étrange qu'on va lire et pour lequel j'ai tenu la plume. Quel est le sens de ce projet, et comment l'ai-je réalisé ?

Dans l'enfance, je m'ennuyais beaucoup. Je vois avant tout l'enfance livrée à de longs déserts d'ennui, impossibles à traverser, pendant lesquels le corps est torturé, livré au temps, à l'incompréhensible attente. Seule ma mère avait la sympathie et la finesse nécessaires pour me comprendre et m'aider : elle acceptait de bonne grâce de jouer avec moi à la bataille, aux dominos, à la belote à deux ; lorsque je n'avais pas d'amis sous la main. Mon père, lui, n'émergeait de son travail que pour rechercher le repos, en « s'allongeant » ou en partant se promener. Mais l'ennui, chez moi, ne voulait pas des promenades.

Pourtant, une fois – une fois qui a dû se produire de nombreuses fois que ma mémoire condense parce que d'abord mon expérience l'a ressentie comme une seule fois, une fois venant après beaucoup d'autres mais enfin saisie comme telle –, une fois, prenant en pitié mon corps et mon âme torturés, mon père me dit : « Tu t'ennuies ? Tu n'as qu'à avoir une vie intérieure ! Alors tu ne t'ennuieras jamais. » Entendant ces mots, je ne pensai pas d'abord, comme je le fais à présent, à ce qu'ils me révélaient de sa solitude à lui, de son ennui, si toutefois il avait accepté, à l'époque, de nommer ainsi l'état dans lequel il se trouvait. Mais, de cette objurgation agacée, impérieuse, je reçus le choc de plein fouet ; et, à vrai dire, mon âme était profondément touchée de la sollicitude que j'entendais vibrer dans son conseil : cette chose si intime (comment se débrouiller avec soi-même, avec l'intolérable poids que l'on est pour soi-même) – voilà que mon père me la confiait, à moi qui n'étais qu'un enfant. Comme chaque fois que mon père me parlait sérieusement, fût-ce en passant, j'en retirai un fort sentiment de dignité, et un formidable encouragement.

Quand mon père est mort, il y a vingt ans [1], j'ai ressenti une très intense douleur, physique et morale, surtout physique, d'ailleurs.

---

1. Écrit en 1985.

Pour une part, je ne savais même pas ce que j'avais perdu. J'avais perdu quelqu'un qui m'était proche, le plus proche peut-être ; mais en moi il semblait avoir poussé des racines si profondes, si obscures, que j'étais comme celui qui se réveille d'une opération sous anesthésie, et découvre peu à peu et la douleur, et la question à laquelle autour de lui personne ne répond : qu'ai-je perdu au juste ? que m'a-t-on enlevé ?

J'entrepris, par goût de vivre, de le rechercher.

Je fis cette recherche précisément avec ce que mon père m'avait appris : en me tournant vers ma « vie intérieure ». L'instrument était là, il était ce que j'héritais de mon père, en même temps que quelques livres que je lui avais toujours enviés. Que trouvais-je dans cette vie intérieure, quand je pensais à mon père ? J'y trouvais précisément ce que j'ai retranscrit dans cette « Autobiographie » : une parole qui s'écrivait, se reprenait, ne parlant à personne, à la recherche d'une certaine façon de s'exprimer, d'une vérité qui lui échappait. La mort de mon père n'avait pas étranglé sa parole ; elle ne lui avait pas permis non plus de subsister telle quelle dans ma parole et dans mes oreilles. Car elle se trouvait désormais soumise à une tâche nouvelle, exorbitante : celle de se raconter tout au long, de s'engendrer dans une solitude absolue, d'assumer la responsabilité entière de son existence.

La parole de mon père mort demandait à parler par moi, comme elle n'avait jamais parlé, au-delà de nos deux forces réunies. Elle me niait, me demandait mon aide pour se consacrer à elle-même, et je voulais cela (c'est pourquoi je n'apparais presque pas dans ces pages).

J'avais cette voix en tête, je n'avais même qu'elle. Elle était en moi la voix la plus spontanée.

« J'avais cette voix en tête » : folle présomption. J'ai cru et voulu l'avoir. Je me suis accroché à cette illusion pour la transformer en projet, et m'y enchaîner. J'ai voulu être l'héritier.

Et physiquement, à quoi ressemblait-il ?

D'une taille en dessous de la moyenne ; les traits du visage extrêmement réguliers, les lèvres assez minces – il en était fier, y voyant comme un signe d'intellectualité –, le nez petit et droit. Un crâne rond et parfait, dégarni au sommet ; les cheveux restants, sur les côtés, soigneusement peignés et disciplinés. Les membres fins, blancs, avec juste ce qu'il lui fallait de muscles pour porter des valises et accomplir les gestes de son métier. De fines lunettes à verres ronds. Un regard sérieux, mais pas sévère ; une attitude presque constamment soucieuse, explosant fréquemment en un « ts ts » d'agacement lorsque les choses n'allaient pas comme il aurait voulu. Ce beau visage, comme nous avions plaisir à le voir, en de rares occasions, s'éclairer d'un sourire de satisfaction, lorsqu'il buvait une bonne tasse de café italien, entendait une plaisanterie bien placée dans la conversation, ou simplement fumait une « High Life » après le repas !

Les sourires de courtoisie, de politesse, visiblement lui coûtaient.

Il aimait le raisin, et un fruit de son pays, que nous ne parvînmes jamais ni à retrouver, ni même à identifier exactement pour qu'il le goûte à nouveau : l'« arbouse » (mais ce n'était pas, disait-il, le fruit qu'on nomme ainsi en France). Il regardait avec plaisir les paysages spectaculaires, de montagne surtout, et ne reculait jamais devant la perspective d'une promenade, d'une excursion, d'un détour. Voyageur curieux, avide même : comme si la vie était enfin là, dans ce qui se proposait plus loin.

Curieux aussi vis-à-vis des plus jeunes, de leurs projets, de leurs talents, pourvu qu'ils ne lui opposent pas la muraille d'opinions prématurément durcies.

Avec lui, pour lui, on l'apprenait, toute joie était douloureuse, rappelait une privation, et, pour peu qu'elle fût intense, un inconsolable chagrin. Jamais de ces rires qui, un instant, effacent tout dans leur puissant saccage. S'il riait – et il aimait rire –, son rire était bien le sien, ne faisait pas chavirer son regard vigilant.

Nous craignions ses colères, ses jugements, ses agacements. Nous ne le craignions pas. Nous étions de son bord, ce bord si tranché, si énigmatique.

La vieillesse, en lui, se distingua malaisément de la maladie. Les angles ne s'adoucissaient pas. On sentait intacts sa vigilance et son désir de vigilance. Quelque chose de méchant voulait le transporter directement dans l'état de vieillard, pour l'humilier, sans lui ménager de paliers où séjourner et se reposer. Il était toujours juvénile, et son corps sans poids. Il était aussi superbement exigeant, mais empêtré. La colère de ses lèvres fines parlait toujours, ne devenait pas spectacle.

J'ai oublié, j'oublie à chaque seconde.

Sa bienveillance, sa gratitude, même égarées, restaient merveilleuses, des éclairs de lumière.

Oui, il oubliait ce qu'il venait d'entendre ; oui, ses gestes manquaient leur but. Rien de tout cela, pourtant, ne le vieillissait vraiment.

Ces faiblesses le rendaient seulement plus difficile à connaître. Sous les bandelettes de ses manies, de ses handicaps, son destin inachevé restait brûlant, inapaisé comme toujours.

Une photo des années 30 (studio Harcourt), sous mes yeux, soutient mes souvenirs instables par l'image d'un homme que je n'ai pas connu, tel qu'il était avant ma naissance. Cette photo est au mur, encadrée de métal gris, dans la chambre de ma mère. Ses petits-enfants viennent un instant se mesurer à ce visage juvénile, lisse, au faible sourire, aux lunettes d'émigré russe.

Mon père n'était aucunement un héros. Pendant longtemps, j'aurais sans doute préféré qu'il en fût un. Au moins pour pouvoir m'en vanter.

Sa fatigue, sa fatigabilité depuis toujours habitaient la maison. Il en était enveloppé dès le matin, et s'en enveloppait comme un enfant d'ennui. Il se retirait pour « s'allonger » et faisait respecter son repos. Mais la perspective d'une promenade, d'une visite, brisait net sa léthargie.

Il se nommait Simkha Apatchevsky, ou Opatchevsky.

Ma mère mourut j'avais cinq ans. Je ne peux pas faire que cette disparition n'ait pas été le fait déterminant de ma vie, ou comme si, d'être reculée dans le temps, elle perdait de sa terrible efficacité. Les gens qui parlent avec moi me reprochent souvent tel ou tel trait de mon caractère, refusant de voir que de l'essentiel je ne suis pas maître, par la force des choses. Et en un sens, lorsque je dis que la mort de ma mère est pour moi comme si elle venait d'avoir lieu, je n'exagère pas : l'effondrement qu'elle a marqué est de ceux qui ne peuvent être comblés, et un poète dirait sans doute qu'elle m'a condamné à vivre dans l'irrévocable.

Je ne me souviens pourtant pas de ses traits ; elle était affectueuse, bien sûr, et me donnait tout son amour. Qu'on ne rie pas : ce qui me reste d'elle est précisément ce qu'ensuite je n'ai jamais plus trouvé, un amour qui ne se partage pas, et la certitude, dont je ne sais plus si je m'en souviens ou si je l'imagine, d'être le préféré. C'est une constatation de simple bon sens, et pourtant il me faut constamment la rappeler à mes proches qui, eux, n'ont Dieu merci pas connu ce déchirement : ce n'est pas la même chose d'avoir et de ne pas avoir sa mère.

Mon père, qui faisait le commerce du blé et tenait un petit entrepôt près de la gare, se remaria presque aussitôt, je crois ; il lui fallait quelqu'un pour l'aider, comme il est compréhensible. C'était un homme vigoureux, bon vivant, juif pratiquant avec ça, qui aimait à rire et à boire le moment venu, comme le font les gens de cette partie méridionale de la Russie. On rit sans doute plus aisément dans les pays de vin et de soleil, et les juifs de Bessarabie n'échappaient pas à la règle. Toutefois, pour eux, ce rire ne pouvait jamais être totalement pur ; ils ne possédaient pas la terre, c'étaient tous des gens qui se débrouillaient pour vivre, d'une façon ou d'une autre, ce qui n'était pas sans influence sur leur équilibre mental, comme sans doute ç'a été le cas pour moi, je ne crains pas de le dire. Il y avait chez nous moins d'alcooliques, de criminels, de divorcés que chez les Russes ou les Roumains au milieu de qui nous vivions ; mais beaucoup plus de névrosés ou de déséquilibrés. Et puis, il y avait ces sinistres avertissements périodiques, pour nous rappeler que nous n'étions là que par faveur : l'affaire Beilis, les pogroms de Kichinev ; ces choses sont assez connues, et donnaient une qualité particulière à la gaieté de nos juifs. Toutefois, là encore, savoir n'est pas suffisant. Il m'arrive souvent de rencontrer des gens cultivés, qui n'ignorent pas dans quelles conditions s'est passée ce qui aurait dû être mon enfance, mais qui ne peuvent s'empêcher de raisonner à son sujet comme s'ils ne le savaient pas. Je ne me fais pas d'illusions, il en sera toujours ainsi.

De ma belle-mère je n'ai pas grand-chose à dire ; elle était plus jeune que mon père, et l'aimait sans doute ; elle s'occupait de moi convenablement et je ne voudrais pas donner l'impression qu'elle ait été une marâtre. La situation devait être aussi difficile pour elle que pour mon père et pour moi ; j'étais, je pense, un enfant assez secret, voué aux livres et mécontent de son sort. J'aimais la nature, les promenades en carriole sur les petites routes bordées de vignes, mais je sentais trop que tout cela n'était pas à moi, et je ne me souviens d'aucun des jeux rustiques qui doivent occuper les jours d'un petit campagnard. D'ailleurs nous quittâmes mon village natal assez tôt après la mort de ma mère, et allâmes nous établir à Tiraspol, une petite bourgade, le commerce de mon père ayant dû prospérer assez pour qu'il passe désormais la plus grande partie de son temps à tenir les écritures et à diriger ses employés.

L'école était pour moi une grande consolation. L'école russe d'abord, que je fréquentai un peu dès que nous fûmes à Tiraspol, et qui m'enseigna proprement les lettres russes, mais que je ne pratiquai jamais assez pour pouvoir citer convenablement quelques vers d'*Eugène Onéguine,* comme le pouvaient les juifs qui allaient à l'école dans une grande ville, ou qui venaient de familles libérales où la culture profane était mieux considérée ; et tant pis. Mais l'école hébraïque surtout était une seconde maison. C'étaient deux pièces sur le côté de la synagogue, dans lesquelles j'ai parfois l'impression d'avoir passé le plus clair de mon temps. Et quelle fierté d'y recevoir les adultes, lorsqu'ils arrivaient le vendredi soir, bien lavés et bien habillés, dans cette maison qui était à nous tout le temps et qu'ils ne fréquentaient qu'à certaines occasions dans la semaine, le mois ou l'année ! Leur travail les en empêchait, leur vie de famille, et bien que je n'aie méprisé ni l'un ni l'autre, je compris vite que le meilleur moyen de combiner la présence près des livres avec la vie normale était de devenir moi-même rabbin. Non pas un officiant, ni même le responsable d'une communauté, mais un homme d'étude. Chez nous, de tels hommes sont assez respectés pour qu'on veille à leur entretien. Rabbin, ou étudiant : il fallait aller à la *yeshiva.* La réputation de celle d'Odessa était venue jusqu'à nous. Là-bas, disait la rumeur, on ne se contentait pas d'enseigner les matières traditionnelles, Pentateuque, commentaire de Rashi, Talmud (dans l'ordre de difficulté croissante) ; on y étudiait également les matières profanes, les sciences, les langues modernes, l'histoire. Tant qu'à m'instruire, je viserais dans ce qui m'était accessible, ce qu'il y avait de plus moderne. Quitter mon père n'allait pas de soi : pour moi, je m'y étais résolu depuis longtemps, et je me préparais à le quitter presque sans chagrin, comme ma mère l'avait quitté et m'avait quitté ; la tête d'un enfant est pleine de ces à-peu-près. Mais lui ne l'entendait pas de cette oreille : et comment subsisterais-je, à Odessa ? et quand reviendrais-je ? Il sentait bien qu'un adolescent cultivé ne se résignerait pas facilement à passer sa vie près de son père dans une petite bourgade de la frontière roumaine, alors que le monde était ouvert à qui avait la tête bien faite, et la langue agile. Et il n'avait pas tort. Ma belle-mère voulut donner son avis ; mais je dois reconnaître qu'elle n'avait pas un rôle facile. Si elle désirait me retenir à la maison, il lui était malaisé de le dire sans paraître forcer ses sentiments à mon égard (car je sentais bien que j'étais pour eux une espèce de gêneur, à la mauvaise humeur redoutable). D'un autre côté la simple décence lui interdisait de se prononcer en faveur de mon départ. Je réussis à forcer le sort avec l'aide de mon oncle, qui habitait justement Odessa, et à qui j'écrivis (j'avais alors quatorze ans, et il avait longtemps conservé cette lettre, qu'il me montra souvent plus tard, pour en rire avec moi). Il me répondit, et à mon père, en assurant qu'il prendrait tout soin de moi pendant la durée de mes études, et en recommandant chaudement mon départ. Cette lettre emporta la décision ; mon père n'était pas avare, mais la perspective d'avoir à entretenir un second foyer à quelque six cents kilomètres du sien propre le tourmentait, et l'engagement de mon oncle lui ôtait un grand poids. On m'habilla, on me donna quelques pièces, et je pris le train avec mon père, après avoir dûment embrassé ma belle-mère sur le quai.

Ce n'était pas la première fois que je montais en chemin de fer ; j'étais déjà allé une fois avec mon père à l'enterrement d'une grand-mère, parce qu'il n'avait pas voulu ou pas pu me laisser seul à la maison ; c'était pour nous une des rares occasions où nous nous trouvions mêlés à la masse du peuple russe. Il y avait dans le compartiment un soldat ; installé confortablement sur la banquette, un sourire ironique aux lèvres, il chantait. Puis, quand d'autres voyageurs montèrent dans le compartiment, il se mit à siffler. Mon père me chuchota que c'étaient des airs révolutionnaires, ou peut-être l'avais-je compris tout seul, mais comment ? Car je ne vois pas qui, à Tiraspol, aurait pu m'affranchir à ce point. La situation dans le compartiment était enivrante pour moi : un soldat sifflait des airs révolutionnaires ! Nous étions alors en 1906 ou 1907. La Révolution avait échoué et n'avait pas été pour nous une très bonne affaire. Elle pouvait toutefois nous exalter en même temps que la perspective de son échec futur nous épouvantait, car on ne manquerait pas, ensuite, de s'en prendre encore une fois à nous. Bouleverser la société, c'était bien si c'était pour donner plus de liberté, sans doute. Mais s'il fallait pour cela mettre la masse en mouvement, il y avait évidemment lieu d'avoir peur. Cette scène de chemin de fer résume si bien notre attitude ambiguë à l'égard de la Révolution russe que je me demande parfois si je ne l'ai pas inventée, ou au moins embellie, ou chargée de plus de sens qu'elle n'en avait en réalité. J'y retrouve aussi ce qui me liait à mon père : la complicité de ceux qui savent de quoi le monde est fait, une complicité silencieuse (peut-être illusoire) qui se joue en clins d'œil, et nous place dans le monde des hommes, le vaste monde, tout en nous en séparant. C'est une situation que je n'ai pas fini de vivre, mais trêve de réflexions.

Odessa était de toute façon la grande ville révolutionnaire, avec Pétersbourg. Je ne connais pas Pétersbourg, ni Moscou, et je ne reconnaîtrais sans doute rien d'Odessa si j'y retournais aujourd'hui (ce qui n'est pas mon intention). Mes souvenirs d'enfance et d'adolescence se sont peu à peu estompés, fondus dans mes lectures, amalgamés à mes idées les plus fondamentales, et à part quelques scènes caractéristiques qui sont peut-être, comme beaucoup de souvenirs anciens, des reconstructions, j'ai gardé peu de choses de toute cette période, sinon moi-même. J'étudiais à la *yeshiva*, au milieu de garçons très brillants, et connaissais pour la première fois la véritable concurrence intellectuelle. Je ne l'emportais pas souvent ; la fine fleur du jeune judaïsme russe était concentrée à Odessa, et ces jeunes gens étaient de futurs chefs de la Révolution, ou du sionisme, ou de grands créateurs qui allaient bouleverser le monde par leur peinture, leurs films, leurs livres. La Russie vivait en eux : ils ne se contentaient plus du yiddish, certains écrivaient en hébreu, tous lisaient le russe et y découvraient des trésors. On fondait des journaux, on apprenait l'anglais ou le français, on se questionnait sur les sciences, dont l'immensité ne faisait que s'entrouvrir devant nous, sur la politique, qu'on ne pouvait pas ignorer, sur la valeur de la culture juive séparée de la religion, sur l'anticipation du socialisme dans la Bible, et autres fariboles d'époque. Puis ils partaient à l'étranger, souvent en Allemagne, en Suisse, si leurs sympathies révolutionnaires les avaient amalgamés à quelque groupe, ou en Amérique s'ils avaient l'esprit plus aventureux que révolté. Ceux que l'étude attirait avant tout choisissaient les universités d'Allemagne, d'Angleterre, de France surtout. Le prestige scientifique et culturel de la France était immense avant la guerre de 14, le libéralisme de ses mœurs et son hospitalité envers les étrangers étaient célèbres chez nous. Je ne parle pas du renom de canaillerie et de pornographie (les « petites femmes ») qui est attaché universellement à Paris, car je ne suis pas sûr qu'il ait pu parvenir jusqu'à la *yeshiva*. Et s'il l'avait fait, ç'avait sans doute été très troublant. Mais Zola, dont l'œuvre représente si parfaitement une alliance de crudité érotique et de réalisme « à la française », était aussi le héros de l'affaire Dreyfus ; et ceci contribuait à faire passer cela, sinon à lui donner un prestige immérité.

Cependant il n'était, pour moi, pas encore question de partir ; et si j'ai déjà laissé pressentir mon départ pour la France, c'est que mon départ pour Odessa était la préfiguration et le modèle des départs qui ont suivi (et dans mon cœur, leur annonce) : à la fois joyeusement souhaité, parce qu'il me permettait d'échapper à une situation qui m'étranglait, et catastrophique, parce que je partais sans bagages, et que ce qui restait derrière moi était voué à la destruction. Mais j'étais alors plein d'espoir, au moins je le crois. La gaieté naturelle des gens d'Odessa, le tumulte enivrant de la grande ville, le côté à la fois adulte et enjoué de cette existence où l'argent et le plaisir semblaient circuler plus librement que chez moi me donnaient un peu le vertige. Mon oncle m'a souvent raconté plus tard qu'un de ses souvenirs les plus anciens de cette période était de m'avoir vu glisser à la dérobée dans ma veste un carnet noir. Il avait voulu en connaître le contenu, et avait argué de son autorité d'oncle pour l'exiger. C'était un livret de caisse d'épargne, qu'une banque avait bien voulu établir à mon nom, malgré mon très jeune âge. J'ai encore en mémoire les gorges chaudes de mon oncle, son incompréhension, le rapport amusé qu'il dut envoyer à mon père. « Il ira loin, ce garçon. » Je crains qu'ils s'en soient tenus à ce diagnostic absurde. J'ai pourtant l'impression que ma cousine, que je crois voir mêlée à cette scène, avait manifesté par son silence plus de compréhension.

C'était une fillette rousse, cent fois plus délurée que moi, et qui prenait un malin plaisir à me semer dans les rues animées de la ville, qu'elle connaissait par cœur pour les avoir fréquentées depuis l'enfance. Sa supériorité de citadine éclatait, et je n'avais pas trop de toutes mes connaissances livresques pour tenter de rétablir l'équilibre. Nous n'allions pas à la même école (elle fréquentait un lycée russe), et nos samedis après-midi étaient occupés par de longues discussions au cours desquelles je m'efforçais de lui démontrer la supériorité de l'enseignement que je recevais, comme si j'en avais déjà été possesseur, ce qu'elle finissait par admettre non sans un sourire narquois. J'étudiais pour ses beaux yeux autant que pour mon avenir, me désespérant toutefois en secret que l'affection qui nous unissait ne fût pas assez forte pour prévenir la dérive qui, je le sentais, allait bientôt m'emporter au loin.

J'étais donc, dans l'attente, l'invité de cette famille assez prospère. La mère ne m'a pas laissé d'impressions fortes : notre méfiance était réciproque, soit que j'aie quelquefois parlé de ma belle-mère en termes indifférents, soit qu'elle n'ait pas manifesté à l'égard de ma défunte mère le respect que j'aurais souhaité. Elle était pour moi une étrangère, qui plus est une femme que son mari avait laissée seule et assez libre pendant une grande partie de leur union. Sa vie à lui se passait en effet en voyages, au cours desquels il s'arrangeait pour vendre aux indigènes qui peuplaient l'immense Empire russe les divers trésors de l'ingéniosité occidentale, montres, briquets, boussoles ou cartes à jouer. Tantôt on le croyait à Kharbine, en Extrême-Orient, tantôt dans le Nord, tantôt il était parti s'approvisionner en Allemagne. Sa culture juive était rudimentaire, mais j'avais du mal à compenser de ce côté-là l'impression d'infériorité que me donnait sa débrouillardise. C'était un homme de trains, de courants d'air, le vrai *Luftmensch* dont parle notre folklore, et je le considérais *in petto* plus comme une victime de la tradition que comme un héros. Tel n'était l'avis ni de sa femme ni de sa fille, et l'on imagine quelle intarissable mine d'anecdotes et de récits il rapportait de ses aventures, récits qu'il débitait avec brio, assis devant un verre de vin sucré, un foulard rouge autour du cou.

Où était donc ma vraie patrie ? Je pensais déjà que c'était la Palestine future, et mes rêves d'adolescent me transportaient souvent dans cette patrie à faire, sur cette terre irriguée par les pionniers, les philanthropes et les cotisations des humbles, ce pays où se réaliserait le bonheur promis par les discours. J'y étais encouragé par la pente de mes raisonnements, par mon déjà incurable pessimisme, qui m'interdisait de croire que la Russie puisse jamais devenir pour nous ce paradis, que vantaient les révolutionnaires. La grande tristesse de ma vie est d'avoir eu raison aussi sur ce point-là, et sans être superstitieux je ne suis pas loin de m'attribuer une certaine responsabilité involontaire dans l'échec de ces espoirs, comme s'ils n'avaient pu réussir que portés par une foi unanime. Mais comment croire, alors et maintenant, que la masse du peuple russe deviendrait du jour au lendemain un milieu bienveillant, elle que tous les récits de ces années-là nous dépeignaient comme sanguinaire et impitoyable ? Et comment de tels récits auraient-ils pu s'effacer de la mémoire des enfants que nous étions en 1903 ? Il n'était question de pardon des offenses, dans le monde qui nous entourait, que pour s'en moquer, et je n'avais moi non plus guère confiance dans la vertu des paroles de l'Évangile, ou de ce que j'en connaissais. Mon oncle et ma tante auraient été plus enclins à croire à la bonne volonté russe, mais je ne sache pas qu'ils aient eu à s'en féliciter.

De ce que j'appris à cette époque, peu de choses me sont restées, et ai-je su en faire bon usage ? Parmi toutes les figures du judaïsme rabbinique, m'avait frappé surtout celle de Hillel, le sage et doux rabbin que la tradition oppose à Schammaï, son austère collègue, étroitement légaliste. Le premier enseignait la tolérance, la bienveillance, le pardon (je retrouvai plus tard avec émotion son souvenir, peut-être affadi encore, dans l'*Histoire du peuple d'Israël* de Renan) ; le second préconisait la méfiance à l'égard des autres et de soi-même, l'observation scrupuleuse des préceptes. Les textes ne lui faisaient pas la part belle, mais je résistais de toutes mes jeunes forces à la séduction du premier, n'ayant pas la vocation du martyre et me persuadant que, si belle que fût une doctrine du pur amour, elle ne pouvait convenir qu'aux hommes qui y confiaient seulement leur existence propre et comme détachée de tout ; pour tout autre – et pour le peuple juif dans son ensemble – un tel abandon ne pouvait être que pernicieux. Or, outre que je ne voulais pas séparer mon sort propre de celui de mon peuple, auquel je devais tout ce que j'appréciais en moi-même, je me considérais déjà alors comme chargé de famille, ayant sur la conscience au moins le sort de mon père, que je plaignais d'être veuf et privé de son fils unique, et maintenant de toutes ses forces la fiction d'une vie paisible dans un univers qui lui était si évidemment hostile.

Mon nom est Simcha, qui veut dire « joie » en hébreu. Je ne peux m'empêcher de le rapprocher de celui d'un de mes illustres contemporains, auquel je pense avoir tant à reprocher, Sigmund Freud : car tel est aussi, à peu près, le sens de son patronyme. Mon fils m'a suggéré un autre homonyme : le romancier irlandais James Joyce, dont le nom aurait la même signification. Je n'accorde d'autre valeur à cette trilogie, que de dérision : il suffit de voir nos photographies, ou ma figure, pour comprendre que ces noms ne nous ont pas porté chance, à moins de considérer que la joie est restée en nous bien secrète. Ironie du destin, à laquelle je suis très sensible. Un autre point encore : mon prénom est féminin, ce qui m'a exposé à bien des quolibets. Dans nos pays, on le donnait couramment aux garçons, et je ne m'en plains pas. Il est beau. Ceux qui me l'ont donné sont de toute façon aujourd'hui dans un pays où les reproches n'ont pas cours. On a voulu que j'en aie été efféminé : soit. En ce domaine, il n'est d'autre règle que physiologique, me semble-t-il. Et aussi : « l'habit ne fait pas le moine ». J'en ai retiré la conviction que le langage était un piège dont il est difficile de se dépêtrer, puisque pour les censeurs les plus insidieux la dénégation vaut admission de la faute. Autant se taire. Aussi ai-je pris soin de donner à mes enfants les noms les plus français et les plus simples qu'il me fût possible, mais sans me faire d'illusions sur la suite.

La tradition russe veut qu'avant chaque départ, on s'assoie ensemble autour de la table, soit pour réciter une prière, soit pour simplement se taire et respecter la gravité de l'occasion. Celui qui part, le reverra-t-on ? Je sens que ce moment est venu à nouveau. Taisons-nous. Quant aux raisons de mon départ d'Odessa, j'ai déjà laissé entendre ce qu'elles pouvaient être, mais je les ai tant de fois retournées dans ma tête, y compris récemment, que j'aurai sans doute l'occasion d'y revenir.

Trois jours de train, en passant par Vienne, Munich. Voyage décousu, dont je me souviens mal. Mais il a fallu que je le fasse, puisque je me revois ensuite à Nancy, accompagné d'un compatriote arrivé là avant moi et qui m'aidait à faire les démarches nécessaires pour l'inscription à l'institut de chimie. À la réflexion, il est étrange que j'aie gardé si peu de souvenirs, et si vagues, d'une époque où je n'étais plus un enfant : sans doute avais-je dans les dix-huit ans. En un sens, je ne prêtais pas attention au monde, et guère plus à moi-même. De chaque difficulté qui se présentait, je m'efforçais d'abstraire l'essentiel, et de raisonner ainsi plus sur les données d'un problème que sur les circonstances d'une situation. Car, dans le fond, je ne pensais pas que ma situation puisse jamais différer sensiblement de ce qu'elle avait été au départ : semi-orphelin et instable. Aussi bien n'étais-je pas parti pour améliorer ma situation ou pour m'en faire une, mais plutôt par curiosité. Seulement cette curiosité ne s'appliquait ni aux lieux ni aux personnages.

Je passerai donc sur les mois que je vécus à Nancy. D'autres les ont racontés, car c'était un relais de choix pour les émigrés de mon espèce. Ville située encore dans l'Est, et donc relativement proche de notre Orient, sorte de frontière ou de sas dans lequel nous pouvions espérer atténuer la brutalité du passage ; ville accueillante aux étrangers, où nous pouvions compter sur un ou deux philanthropes, sur notre nombre, et sur cet institut de chimie qui n'était pas trop regardant, acceptait aisément les élèves étrangers en accordant libéralement l'équivalence des diplômes (la lettre d'acceptation qu'ils m'avaient adressée à Odessa m'avait servi à quitter la Russie, et d'abord à fléchir mon père, comme j'y étais parvenu une première fois grâce à la lettre de mon oncle). De la chimie je ne savais rien, et je n'ai pas dû alors comprendre grand-chose ; mais la solidarité jouait entre nous ; de toute façon nous avions une excellente mémoire, entraînée quotidiennement, et pouvions ainsi pallier notre principal handicap, notre nullité en mathématiques. Quant à la langue française, je l'aimai dès l'abord, pour sa clarté dans la bouche de nos professeurs, sa précision scientifique, comparable à celle d'un crayon finement aiguisé, pour son élégance. Je n'invente rien à cet égard, et les Français de naissance doivent mal comprendre quelle passion peut inspirer leur langue : l'approche du subjonctif était exaltante, bien que je susse que je n'arriverais jamais à le maîtriser dans toute l'étendue de ses nuances. Je me constituai rapidement un petit carnet de vocabulaire, dans lequel je notais soigneusement et au jour le jour les mots appris, en soulignant ceux dont l'usage me paraissait le plus nécessaire, ou le plus naturel. Je mettais à part les tournures idiomatiques, et même les populaires, auxquelles je trouvais tant de sel, et peux me targuer d'avoir en peu de temps réussi à faire bonne figure à Nancy, tant dans les rues qu'à l'institut, lorsqu'il fallait parler. Je ne peux pas en dire autant en ce qui concerne la mise ou l'apparence. Je ne savais pas ce que c'était de s'habiller, et en étais resté au goût du noir. Mon passage à Odessa n'avait pas suffi pour me faire adopter les couleurs vives, et j'aurais toujours craint de commettre une épouvantable faute de goût. J'abandonnai la casquette pour le chapeau, les bottes pour les escarpins, m'urbanisai un peu. Le blanchissage, autre nouveauté, était une lourde charge ; il fallait se soucier de changer son linge, prévoir des frais réguliers. J'avais d'abord hésité à confier mon linge personnel aux blanchisseuses, mais les tarifs élevés qu'elles pratiquaient m'avaient bizarrement libéré de tout scrupule : leur métier si maternel en était un après tout, puisqu'on les payait pour cela, et à la pièce encore. Mais leur regard indiscret s'était insinué dans mon intimité, et je ne devais plus l'oublier, jusqu'au jour de mon mariage.

La chimie ne m'intéressait guère ; je trouvais absurde qu'on appliquât tant de curiosité à la connaissance de la matière brute et de ses mécanismes. Et puis les bases me manquaient. Il s'agissait bien d'un travail de l'esprit, mais rendu inhumain à force de précautions et d'abstraction. J'admettais qu'on se rompît l'esprit aux subtilités du commentaire biblique et talmudique, puisqu'il s'y trouvait une sagesse incluse et même cachée ; et puis lire un texte c'était toujours lire l'Histoire, et dans notre *yeshiva* si libérale d'Odessa la *Textkritik* à l'allemande s'était un peu infiltrée. Nous connaissions même le nom de Renan, à côté de celui de Strauss. Mais cet effort pour imposer à la matière, dans ce qu'elle avait de plus secret, un schéma logique, me rebutait. J'aurais mieux admis la chimie organique si elle n'avait pas constitué un échelon supérieur auquel ma formation ne me permettait pas de prétendre tout de suite. Or je ne pouvais me permettre de passer de vaines années en études désintéressées.

Un philanthrope juif de Nancy me proposa alors de partir pour Bordeaux ; un ami à lui enseignait à la faculté de médecine de cette ville. On arrangerait mon inscription en cours d'année, une lettre de recommandation bien tournée y pourvoirait. Elle fut écrite sous mes yeux, à la fin d'un dîner, et je me souviens encore du soin avec lequel les formules étaient pesées, les lettres tracées, les lignes et les paragraphes composés. Puis ce fut la signature, l'enveloppe, le timbre. Une grande leçon. C'était comme si un faussaire exceptionnellement compétent avait fabriqué sous mes yeux un billet de banque : il avait créé par son travail et par son attention une valeur, et le destinataire saurait lire dans ce document patiemment inventé, et selon les règles de l'art, à la fois ce qu'on attendait de lui, et quel profit il en retirerait. En un sens, même, il serait pris au piège, tout comme l'utilisateur d'un faux billet (à la limite, comme l'utilisateur d'un billet de banque authentique) : en échange de ses services il ne recevrait peut-être que de la reconnaissance. Mais cette reconnaissance valait reconnaissance de dette. Dès lors je m'interrogeai sur la dette que je contractais moi-même ; il ne me venait pas à l'esprit, sauf pour me moquer de cette idée, que ce service pût être totalement désintéressé. Non par cynisme de ma part, plutôt par un pessimisme précoce que je considérais comme pur bon sens et dont je n'ai d'ailleurs jamais eu qu'à me louer. Il m'a toujours semblé que l'homme le mieux intentionné du monde (pourquoi pas moi, à l'occasion) ne pouvait s'empêcher d'attendre et même d'escompter rétribution à sa peine ; et que feindre de l'ignorer n'était qu'hypocrisie.

La lettre fit bien sûr son effet ; j'aurais pu considérer que la chance me servait si je n'avais pas eu l'occasion, comme je l'ai dit, d'observer d'assez près son mécanisme. J'étais plutôt persuadé de mon manque inné de chance, et que seule une lutte opiniâtre pourrait compenser ce handicap. De plus, il n'était pas dans mon caractère de me réjouir trop tôt ; j'attendais les catastrophes futures les yeux grands ouverts. Mais il me faut dire deux mots de la médecine, et des raisons qui pouvaient me rendre satisfait d'être enfin orienté vers elle.

D'abord des raisons pratiques (pour commencer par le plus extérieur – j'essaierai de ne pas oublier le plus intime) : les études étaient certes longues, mais on m'avait expliqué qu'il était possible de conquérir un poste d'externe, puis d'interne, puis de faire assez vite des remplacements, et je comptais limiter le plus possible le temps passé à étudier à la charge de mon père. De plus, ce métier était l'un de ceux qu'il était possible d'exercer en n'importe quel pays, surtout quand on disposait d'un diplôme français, l'un des plus cotés alors ; et je pensais bien que le goût ou la nécessité me pousseraient un jour hors des frontières. C'était d'ailleurs un métier de prédilection et d'excellence chez les juifs depuis le Moyen Âge, un de ceux par lesquels le monde juif entrait en relation avec la science, et avec le monde chrétien : j'étais dans la lignée de Maimonide. Surtout, j'étais poussé par la curiosité. J'emploie ce mot, malgré sa résonance enfantine, parce que les sentiments qui m'agitaient alors n'étaient sans doute guère dégagés de l'enfance. Il y avait en dehors de moi un monde de corps vivants que je ne savais comment découvrir ; la supériorité des adultes, surtout celle de gens comme mon oncle d'Odessa, me semblait surtout reposer sur la connaissance, que je leur supposais, du corps d'autrui. Il en parlait sans gêne, pourtant ses plaisanteries me restaient mystérieuses. D'ailleurs je me doutais bien qu'il entrait une part de mystification et de savoir-dire dans ce prétendu savoir. C'était pour moi une incitation supplémentaire. Au bagout et à la comédie je répondrais par la science. Non pas pour écraser qui que ce fût, car mon ambition avait été sévèrement douchée dès le premier contact avec l'ambiance de la *yeshiva*, mais pour me hisser par les moyens qui m'étaient propres au niveau où tous prétendaient atteindre. Je n'avais pas choisi de naître où j'étais né, ni dans quelles circonstances ! La campagne m'avait été fermée dès l'abord, je n'avais pas laissé d'amis dans mon bourg natal, quitté trop tôt ; il me fallait tirer le meilleur parti de ce qui m'était offert. Je ressens bien ce qu'il entre d'apologie dans mes propos actuels, aussi bien que dans mes raisonnements d'alors et de toujours. Encore une fois je n'ai pas choisi la vie dans laquelle je suis entré, et m'efforce seulement de comprendre l'enchaînement des faits.

J'arrivai à Bordeaux en janvier 1914. J'avais presque dix-neuf ans.

Bordeaux, où je devais rester presque cinq ans, était par comparaison avec Nancy une ville très gaie, peuplée de personnages hauts en couleur en même temps que de cette bourgeoisie médiocre qui constitue l'armature de la province française. Je me fis vite aux habitudes de la vie étudiante : les cours, la chambre, le café, le billard même. Mes camarades étaient agréables, parmi eux un grand nombre d'étrangers mus sans doute par des raisons semblables aux miennes ; des Russes, des Polonais, d'autres plus exotiques à mes yeux, en particulier un Noir d'Afrique, le premier que j'aie approché, et un Annamite avec qui je me liai : j'aimais sa discrétion, son élégance raffinée. Il fumait des cigarettes de prix et passait des heures à rêvasser, renversé sur une chaise, en produisant des ronds de fumée parfaits. À son contact, je me pris moi aussi à désirer quelquefois l'ornement discret d'une épingle de cravate, de boutons de manchette, d'une pochette longuement choisie. J'appris à lire les journaux français, et découvris *Le Temps* auquel je suis toujours resté fidèle, le regrettant lorsque l'Occupation le fit disparaître. Les nouvelles du monde m'y arrivaient filtrées par la bonne éducation et la compétence ; cette abstraction me plaisait. Je restais aussi en contact avec le monde juif, en militant dans l'organisation sioniste : les émigrés y étaient plus nombreux que les juifs français, qui avaient alors peu de raisons de se défier de leur patrie. Les espoirs que nous exprimions, nos rêves, nos plans et nos calculs aussi, devaient leur paraître bien exaltés et inutiles ; mais je me formais dans ces confrontations d'idées. J'appris l'usage de la parole publique, la tenue d'une réunion, la rédaction d'une motion, la persuasion, la conciliation. Ma foi dans la démocratie se fortifiait à mesure que j'en découvrais et comprenais les mécanismes, et que je voyais qu'il ne m'était pas interdit d'y jouer mon rôle. Je m'instruisais ainsi chaque jour.

L'anatomie, qui rebute tant d'étudiants de première année, était pour moi une source de délices : j'aimais les exercices de mémoire, et lorsqu'il fallait dessiner, je m'appliquais tant que je réussissais à pallier mon absence certaine de dons. Les professeurs d'anatomie étaient alors de véritables artistes, experts à esquisser sur le tableau noir de l'amphi, avec des craies de couleur, des schémas lumineux tels qu'il me semblait voir pour la première fois dans leur vérité les articulations et même les os dont la dissection ne donnait qu'une vague idée. Disséquer des cadavres n'a rien de ragoûtant ; comme beaucoup d'autres j'y contractai l'habitude de fumer, pour oublier l'odeur. Mais cette épreuve devient vite un acte de routine, le premier acte médical, dans lequel on apprend à voir, disaient nos maîtres – et je comprenais : à voir le corps humain tel qu'il est, et pour ce qu'il est. Cette nudité étalée sur les tables me semblait la seule possible, et les corps offerts semblaient dire : tout est là.

Pour compléter la maigre allocation que m'envoyait de loin en loin mon père, qui se rendait mal compte de mes dépenses, je donnais des leçons de russe que m'avait procurées mon correspondant. C'est ainsi que je rendais ponctuellement visite à une jeune fille, descendante d'aristocrates russes, mais élevée en France depuis son plus jeune âge, et qui désirait se familiariser à nouveau avec sa langue maternelle. En échange, elle m'aidait à perfectionner mon français, langue qu'elle utilisait comme je rêvais de pouvoir un jour le faire. Les honoraires qu'elle me versait venaient donc en excès, ce qui me troublait fortement. J'avais peu protesté lorsque l'arrangement s'était fait au fil des

« leçons », et me trouvais donc clairement débiteur, d'autant que mon russe était loin d'être de première qualité. Mais que pouvais-je donner pour rétablir l'équilibre ? Et qu'attendait-elle de moi ? Lui faire des cadeaux aurait été absurde, puisque cela reviendrait à instituer entre nous un échange mutuel d'argent, et qu'en voulant me mettre à la hauteur de sa générosité, ou de sa bienveillance, je risquais de remplacer un excès par un autre ; d'ailleurs mon temps d'étudiant surmené valait plus que le sien, puisqu'elle ne travaillait pas. J'aurais pu lui faire la cour, car je sentais bien que je lui plaisais. Elle me plaisait aussi, avec son sourire si affectueux, la grâce de ses mouvements, sa voix musicale ; nous faisions sur les cours de longues promenades qui dépassaient souvent le délai prévu. Aurais-je dû lui offrir une consommation à une terrasse ? L'embrasser ? Le libertinage n'était pas mon fort. Je finis par rompre nos relations fort impoliment, et cherchai ailleurs d'autres élèves.

Puis ce fut la physiologie, et les premiers contacts avec les malades, à l'hôpital. Dans la lente promenade du matin devant les lits, dans le silence qui précédait les célèbres diagnostics du patron, dans le cérémonial un peu ridicule qui entourait chaque acte médical je trouvais une solennité qui s'accordait à mon attente. La souffrance du corps humain était le fait fondamental ; tout s'effaçait devant elle, depuis la figure de mon père, que je n'avais pas revu depuis deux ans, jusqu'à celle de la jeune Russe que je venais de quitter. On pouvait atteindre cette souffrance, la soulager, pourvu qu'on pliât son esprit à la connaissance des mécanismes de la vie. Il ne s'agissait pas là d'hypothèses, mais de réalités dont le plus ignorant pouvait se convaincre dès lors qu'il en subissait les effets dans son propre corps ; la douleur était le meilleur argument. Je souffrais moi-même depuis toujours de diverses affections intestinales dont le détail importe peu ; je m'étais formé un diagnostic empirique, tenant compte de ce que je savais de moi-même, de mon hérédité et de ce qu'on m'apprit alors à nommer le « terrain ». Je sentais que ces douleurs étaient l'autre face de l'angoisse que je connaissais si souvent : je fis confiance à la médecine, en l'occurrence à un camarade qui était en fin d'études, pour enrayer les progrès de ce double mal. L'expérience fortifia en moi la conviction que dans mon cas la médecine ne pourrait aller que jusqu'à un certain point : non pas que sa méthode fût mauvaise, mais parce qu'il s'avérait improbable de trouver jamais un praticien à la fois assez compétent et assez attentif pour aller jusqu'aux racines du mal. Je me mis à prendre des médicaments, comme un pis-aller.

La guerre avait cependant éclaté. L'enthousiasme qui soulevait mes camarades ne me toucha jamais. À choisir entre la République française et l'Empire allemand je n'aurais pas balancé, mais l'idée d'aider à défendre l'Empire russe allié me répugnait : je l'avais fui, j'avais fui en particulier la perspective du long service militaire qui m'attendait là-bas, et ne désirais pas en retrouver l'équivalent ici. Beaucoup de jeunes émigrés s'engageaient pourtant, pour défendre le pays qui les avait accueillis. J'hésitai. Aucune obligation ne pesait sur moi ; j'étais seulement poussé au volontariat par la chaleur de l'opinion publique, que je sentais parfois prête à se muer en hostilité. Je cherchai conseil. Mon protecteur me poussait vers l'armée, où je pourrais manifester dignement ma gratitude envers la France. Dois-je dire que je n'éprouvais pas vraiment ce sentiment ? Je vivais très pauvrement, travaillais tout comme un autre. Ce qui me décida pourtant à m'abstenir, plus que des arguments pacifistes mal assurés, fut l'hypocrisie que je soupçonnai chez celui que j'avais consulté. Confortablement installé dans son bureau aux fauteuils de cuir, il n'hésitait pas à m'envoyer courir le risque de mourir, au nom de principes qu'il me demandait d'embrasser à sa place. Je restai.

Ce furent des années de travail et d'isolement, de misère aussi : la faim et l'inconfort souvent, les privations toujours, sur le linge, les distractions, les lectures. Je n'avais pas revu mon père depuis mon départ, les lettres étaient rarissimes, et qui savait combien de temps durerait la guerre ? Je me faisais peu d'amis, et ceux que j'avais acquis duraient peu. L'été venait, je restais à Bordeaux, distrait de loin en loin des gardes à l'hôpital par une sortie en voiture à cheval dans les vignobles, une visite rendue à une riche famille qu'apitoyait mon aspect famélique, par des leçons de tennis qu'on me procura et qui me permirent de faire un peu échapper mon corps maigre à son esclavage quotidien. Je lisais beaucoup, d'abord des romans, auxquels ma jeune élève russe m'avait fait prendre goût, puis, lorsque j'en fus lassé, des œuvres plus sérieuses, Anatole France, Maurice Barrès que j'abandonnai bientôt, des ouvrages d'histoire. J'assistais aux conférences, aux débats publics qui continuaient malgré l'atmosphère de la guerre, alors que l'activité de l'organisation sioniste était à peu près suspendue pour la durée du conflit. Puis vinrent les épisodes de la Révolution en Russie, qui faisait naître des exaltations violentes, et les plus sombres inquiétudes. Je l'aurais défendue, il me semble, en tout cas à son début, si j'avais porté l'uniforme ; mais ma position en retrait m'obligeait à une attitude mesurée, qui s'accordait d'ailleurs de plus en plus avec mes opinions véritables. Quel bien espérer, je l'ai dit, du bouleversement d'un pays sauvage, dont je pensais bien connaître les mœurs, se livrant au socialisme avec l'espoir d'une libération immédiate et totale, qui ne pouvait lui venir qu'avec le temps ? J'eus alors l'occasion de me heurter à tous ceux qui, par désespoir foncier, mettaient leur espérance dans les remaniements sociaux violents, et non dans l'action raisonnable, retrouvant ainsi, le temps de quelques arguments, l'atmosphère de nos discussions d'Odessa. Puis ce fut l'armistice et, dans le pays énervé et épuisé, la terrible épidémie de grippe espagnole. On avait besoin de mes services, et je pouvais enfin donner la mesure de ma compétence. Je travaillais d'arrache-pied, augmentant chaque jour la confiance que je pouvais avoir en moi. Pour la première fois, je parvins même à gagner assez d'argent pour pouvoir en mettre de côté, en cumulant un salaire d'interne et le bénéfice des consultations qu'un patron débordé dirigeait vers moi. L'avenir s'annonçait meilleur ; j'obtiendrais bientôt mon diplôme, et j'écrivis à mon père que j'irais alors le voir. Toutefois, avant de terminer mes études et de présenter ma thèse, je devais encore effectuer un dernier stage. On me proposa une place d'interne provisoire dans un hôpital psychiatrique d'Angoulême ; mon patron me suggéra d'y trouver le sujet de ma thèse, en appliquant les méthodes de la spécialité que je désirais choisir, l'oto-rhino, à la population un peu spéciale de cette institution. Pourquoi pas ? Un médecin se devait de tout connaître, et d'ailleurs je n'avais pas le choix.

C'était le printemps de 1919.

Le médecin-chef me souhaita la bienvenue, et m'assura tout de suite que mon travail à l'hôpital ne présenterait aucune difficulté et que j'aurais donc tout loisir pour mener à bien mes investigations. L'essentiel, me dit-il, était de me tenir à l'écart du pavillon des agités, dont s'occupaient des infirmiers spécialisés, et d'éviter de me laisser embobiner par la multitude de maniaques qui déambulaient tristement dans les allées et voudraient sûrement mettre à l'épreuve le nouveau venu. Ce médecin-chef était un homme gigantesque, à la voix puissante, avec un regard étrangement fixe par instants, et qui ne m'inspirait pas une totale confiance. J'ai eu par la suite l'occasion de vérifier que les psychiatres étaient fréquemment des gens dont l'équilibre mental ne présentait pas toute la stabilité voulue, et j'imagine que l'exercice de leur profession leur procure, avec de multiples occasions de faire preuve d'autorité, les compensations dont ils ont besoin. Ma curiosité à l'égard des « malades » était faible ; leur égarement me semblait trop grand pour m'éclairer utilement sur ce qui m'intéressait chez les hommes, et dans cette population paysanne, souvent marquée par l'alcoolisme, presque illettrée, et qui éprouvait tant de difficultés à répondre correctement à mes interrogatoires, menés pourtant avec toute la précision voulue, je ne voyais personne dont je me sentisse proche. La psychiatrie théorique elle-même me parut bien maigre : les classifications déjà anciennes qui permettaient au moins d'étiqueter n'importe quel cas et de le repérer manquaient de précision, et l'on sentait bien que tout le jargon du monde ne pouvait masquer l'impuissance foncière des savants à comprendre le fonctionnement du système nerveux supérieur. Mais on n'avait pas le choix : c'était cela, ou la littérature, dont les Français sont si friands ; les médecins au moins possédaient une certaine idée de la réalité de l'organisme humain, et l'habitude d'un raisonnement rigoureux. Toutefois même chez eux le charlatanisme marquait des points : les idées de Freud, dont j'ai déjà cité le nom en relation avec le mien, se répandaient à la faveur de guérisons prétendues obtenues sur des blessés de guerre, rendus amnésiques par un traumatisme. Il s'agissait, m'expliqua-t-on, de guérir par la parole ; ma première impression fut que la suggestion jouait un grand rôle dans ces cures, proches parentes de celles obtenues à Lourdes. Freud avait été l'élève de Charcot, pour qui j'éprouvais la plus grande admiration, car je voyais en lui le praticien qui avait dégonflé une fois pour toutes le fameux mythe de l'« hystérie » : il n'y avait hystérie que si le médecin le voulait bien, mais à parler strictement aucune affection mentale n'avait le droit de porter ce nom, qui passa dès lors dans le langage courant, lequel sert souvent de dépotoir aux idées scientifiques périmées. Mais je voyais que Freud s'écartait de Charcot au lieu de poursuivre sa recherche, en accordant une telle importance à tout ce qu'il plaisait à un malade de raconter ! Il renonçait à la médecine et à son point de vue. Je ne le blâme pas trop sévèrement, car je conçois assez bien quelle sorte d'obstacles devait avoir à surmonter un médecin juif de Vienne désireux de se faire un nom dans la science. La tentation du sensationnel devait être forte. Mais cet échec a sa tristesse. Le plus navrant pour moi aura été de voir plus tard une sorte de freudisme vulgarisé envahir la France, comme un matériau supplémentaire pour la production de romans scandaleux.

Pourtant, s'il y a une découverte que j'eusse aimé avoir faite, c'est bien celle de la cure des maladies mentales (je parle de ma jeunesse). On assure aujourd'hui que la chimiothérapie est la solution ; j'en doute. Je sais bien, par mon propre exemple, qu'il n'y a pas d'affection mentale sans une détérioration quelconque de l'organisme, pourtant je sais aussi que l'imbrication du psychique dans le somatique n'explique pas tout. Mais j'y viendrai, j'espère, lorsque ce thème se présentera. J'avais alors une santé assez robuste pour me permettre de travailler autant qu'il le fallait, et n'avais donc aucune raison de me plaindre. Quant à mes rêves de découvertes, c'étaient des rêves, et j'avais le réalisme de ne pas me laisser emporter par eux.

Je terminai ma thèse, la fis imprimer et la soutins. C'était un grand jour, malgré quelques fautes d'impression, et le soupçon, qui me hanta pendant la soutenance, que la bienveillance du jury à mon égard était excessive. Après tout, me dis-je enfin, il est normal que le travail acharné de tant d'années trouve aussi sa récompense. Et je me rassérénai. Selon la tradition, avant les remerciements adressés à mon ancien patron d'oto-rhino, à celui de chirurgie, au psychiatre éminent qui était mon président de thèse, j'avais fait figurer en tête de la brochure des mentions plus personnelles : « Au souvenir de ma mère », « À mon père », puis à ma jeune élève russe et à mon protecteur. Ces dédicaces groupées disaient mon profond isolement.

C'est alors que je reçus une lettre qui aurait pu décider de toute mon existence en l'orientant différemment, et l'a peut-être orientée en quelque sorte négativement. L'enveloppe était à en-tête du « Mount Sinai Hospital, New York », et on m'y proposait une place de stagiaire dans un service d'oto-rhino. Je reconnaissais là les effets lointains de la bienveillance du philanthrope nancéien à mon égard. Peut-être aussi la conséquence de mon engagement d'avant-guerre dans l'organisation sioniste, fortement implantée déjà en terre américaine. Cette Palestine de secours exportée si loin en Occident m'attirait violemment ; j'étais sûr d'y trouver le milieu favorable au développement de mes capacités, qui m'avait manqué jusque-là. J'apprendrais aisément l'anglais, je ferais venir mon père dès que possible, et alors... Mon père, justement. C'était le moment d'aller lui rendre visite. Mais l'hôpital exigeait une réponse rapide, et la somme que j'avais amassée ne m'aurait permis de faire que l'un de ces voyages. Mon père, consulté par lettre, se fâcha. Il me manqua alors l'appui qu'aurait pu me fournir une personne d'expérience favorable à mon ambition. Seul, je n'osais pas être cruel, et annoncer à mon père que cette année encore je n'irais pas le voir. Je renonçai, envoyant à New York une lettre qui, je l'espérais, sauvegardait mes chances pour l'avenir. Mais je ne me faisais guère d'illusions. J'écrivis à mon père de venir me voir, voulant au moins me donner la satisfaction de ne pas retourner en arrière, si je n'avais pu aller de l'avant. Car, quand je pensais à l'Amérique, la France me paraissait, et me paraît encore, un pis-aller. Mon père arriva. J'étais mélancolique, bougon, je lui désignais sans plaisir toutes les curiosités que peu auparavant j'aurais été si fier de lui décrire ; il ne parut pas impressionné, critiqua tout, la saleté des villes et des trains, la malhonnêteté des gens, le climat et la nourriture. Puis il m'embrassa et repartit. Je ne le revis jamais. Mais en moi il reste présent, son affection me manque, celle qu'il avait pour moi, et celle qu'il n'avait pas, et aussi celle que je me reprochais de ne pas avoir pour lui. Je pense qu'il m'a regretté, je pense aussi qu'il savait que je ne pouvais pas vivre près de lui. La vie, en nous confiant l'un à l'autre, nous avait aussi retiré les moyens de vivre ensemble.

Je partis pour Paris. J'y trouvai un milieu sympathique, des jeunes gens de mon pays, ou d'autres parties de la Russie, gais et insouciants, ou qui faisaient semblant de l'être. Mon caractère taciturne et méditatif plaisait fort à ceux qu'il ne rebutait pas ; je me fis un ami, médecin comme moi et un peu plus âgé, qui savait me conseiller et me contredire à bon escient. Il reconnaissait la force de mes raisonnements, leur finesse même, mais me reprochait de ne jamais compter avec la bonté naturelle des gens ; d'où des discussions interminables. Son amitié m'était d'un grand secours. Son opinion m'encourageait à entreprendre des choses auxquelles j'aurais pensé sans lui, mais pour lesquelles je craignais d'être blâmé. C'est ainsi qu'il m'incita à changer de spécialité : je n'étais pas fait pour l'oto-rhino ; faute de titres parisiens, je végéterais sans clientèle. En stomatologie, en revanche, j'étais assuré d'un revenu : et qui sait si je ne me découvrirais pas une vocation dans la prolongation de mes études. J'allai m'inscrire, et réussis assez bien mes deux années à l'institut. Il y avait là un savoir, et même un savoir-faire, extrêmement précis, et une richesse de cas que je ne soupçonnais pas. On laissait aux dentistes le tout-venant de la clientèle, quitte à le leur reprendre si les clients plus intéressants se faisaient rares ; cependant on se réservait les problèmes ardus d'orthodontie, de chirurgie maxillo-faciale, avec des incursions dans l'histologie ou la biochimie. Je m'adaptai à cette nouvelle orientation et m'habituai à voir dans la région buccale le centre de mes préoccupations médicales. Il fallait découvrir la cause de la pyorrhée plutôt que celle des maladies mentales, mais la douleur humaine était une ; plus tard, un voyage aux États-Unis me mettrait au courant des techniques les plus avancées. Je rattraperais ainsi mon retard. J'avais toujours en tête l'exemple de Chaïm Weizmann, qui avait utilisé le crédit que lui avaient valu auprès du gouvernement anglais ses découvertes en chimie (utilisables pendant la guerre), pour obtenir en 1917 la proclamation de la déclaration Balfour sur la Palestine. J'avais peut-être un rôle à jouer par ce biais.

Je partis passer en Angleterre deux semaines d'hiver ; je fus ravi. Le dépaysement, dès le débarquement, était total, alors que dans mon voyage d'Odessa à Nancy j'avais plutôt senti de lentes modifications des paysages, avec l'Allemagne comme pays-tampon entre l'Europe centrale et la France. Ici, tout était différent, et d'abord la langue, clé de l'Amérique. Le libéralisme était plus profond qu'en France, plus discret, plus efficace aussi ; il réussissait à donner à tous les émigrés, au bout de peu de temps, une allure et des convictions britanniques que je leur enviais. Londres était la ville de Karl Marx et de Charlie Chaplin (ce fut alors le grand succès du *Kid*, avec Jackie Coogan) ; le British Museum contenait la plus belle collection d'Hebraica du monde ; et je tombai amoureux. Pour la première fois j'avais senti que je pouvais faire tourner la tête à une femme, mais je ne savais comment en profiter. Il y avait un abîme entre moi et la gauloiserie de mes camarades de l'institut de stomatologie ; or eux auraient su se débrouiller. Car de quoi s'agissait-il enfin ? De sentiments ? J'ai déjà dit ma méfiance presque innée pour ce mot gonflé de vent. De coucherie ? Là il me manquait l'expérience, dont j'avais vu en France que les jeunes bourgeois l'acquéraient comme une prérogative de leur milieu. Il y fallait une intimité de toujours avec les femmes : j'en avais été privé par décret divin. L'aventure en resta là, et je me répétais pour me consoler, ou pour me mortifier, une sorte de poème minable recopié dans une revue d'étudiants, qui montrait le monde tournant autour du sexe de la femme, et dont je ne me souviens malheureusement que du refrain : « petit trou, petit rien ! ». Il reste associé pour moi, assez incongrûment, à une jeune Anglaise à qui j'avais plu.

Mon ami me pressait de chercher femme, à présent que je pouvais envisager un avenir stable ; mais la vie de vieux garçon me plaisait, comme l'état le plus conforme à ma nature et à mon destin. J'aimais les distractions, et recherchais la gaieté des autres, à laquelle réchauffer la mienne ; mais aussi la solitude. Danser ? Pourquoi pas. J'offris aussi le thé au bois de Boulogne à une ou deux personnes dont la conversation m'agaçait. Heureusement j'avais d'autres occupations, ou préoccupations. Mon travail, les réunions si agitées d'une société sioniste dont je m'occupais et de la Fédération, les séances du Club du Faubourg, pépinière d'orateurs ambitieux, où j'admirais Léon Blum et le vieux Rappoport, qui défendaient les thèses socialistes ; l'étude de l'anglais.

Je pressentais déjà, dès la fin des années 20, que cette après-guerre était une « entre-deux-guerres » ; l'inconscience des Français m'alarmait, et je me serais lancé dans la politique si je n'avais pas été juif, et n'avais pas craint d'attirer sur mon nom des haines que je savais prêtes. Mes collègues médecins eux-mêmes ne manquaient pas de me faire sentir la précarité de ma situation : tous les diplômes attribués à des étrangers spoliaient des Français de souche, détournaient une source de clientèle ; ils attendaient l'occasion de s'en venger. Et l'antisémitisme était très répandu dans le peuple, sous une forme d'ailleurs bon enfant, en tout cas en temps normal. Il fallait louvoyer ; je n'avais confiance en rien ni en personne.

Je rencontrai ma future femme chez mon ami ; elle était ou paraissait sérieuse ; intelligente et indépendante, elle travaillait à l'Institut

Pasteur comme chimiste, tout en étant jeune et plutôt jolie. Ce qui me retint en elle fut qu'elle ne s'intéressât pas à moi, alors que sans presque le savoir je me croyais irrésistible. Mais, à trente-deux ans, j'étais déjà vieux, un monsieur. Je fus piqué au vif, la recherchai, la poursuivis avant de m'apercevoir que je m'engageais dans l'irréversible, et que je montais un piège contre moi-même. Je voyais qu'elle était tendre et affectueuse ; et j'espérais trouver avec elle le relâchement de la tension qui ne m'avait jamais quitté. L'homme et la femme ne sont évidemment pas faits pour vivre ensemble ; ils se gênent l'un l'autre. Mais ils peuvent aussi s'entraider, se réconforter. Et puis il y a quelque chose de sacré dans l'observance des lois de la nature : se nourrir, dormir, élever des enfants sont des actes auxquels il n'est pas besoin de chercher un sens supplémentaire, comme c'est le cas pour le travail ; à moins de dire qu'assurer l'exécution de ces actes est déjà une justification suffisante du travail. Mais j'hésitais. Tout en ne croyant pas à l'amour, j'aurais voulu qu'elle m'aimât plus, et lui en voulais déjà de ne pas m'avoir préféré dès l'abord à tel ou tel, plus brillant ou plus audacieux que moi, que je savais qu'elle fréquentait. Je me promenais dans Paris, hanté par le souvenir d'une nuit terrible que j'avais vécue auparavant, après avoir appris que j'avais échoué à un examen de dentisterie assez important ; j'avais erré, désespéré, prêt au suicide, que la grande ville inhumaine semble toujours proposer à ceux qui n'ont pas trouvé leur place en elle. J'avais arpenté le boulevard Saint-Michel, regardé les couples heureux qui sortaient des restaurants et se dirigeaient vers le bal Bullier, lu les plaques de médecins sur les immeubles cossus. L'épuisement m'avait heureusement ramené à ma chambre, et j'avais trouvé une concierge un peu bavarde à qui me confier. Cette fois-ci, la banalité et l'absurdité de la situation suffirent à me rendre courage ; de toute façon je savais depuis toujours que je n'étais pas fait pour le suicide : j'étais trop habitué à la mélancolie. Il est vrai que ce qui m'avait désarçonné cette fois-là avait été de voir le désespoir s'ouvrir si près de moi, si brutalement. Désormais je saurais à quoi m'en tenir. La leçon ne serait pas oubliée.

Ma future femme était partie chez ses parents, en Lituanie, préparer notre mariage ; je devais l'y rejoindre. Je retraversai donc l'Europe *via* Berlin, plus sûr de moi que lorsque j'étais passé par Vienne, mais ayant perdu beaucoup d'illusions et d'espoirs. Il fallait plaire à ma belle-famille : ma réputation d'original au mauvais caractère m'y aida grandement. Ce pays n'était pas le mien, j'avais du mal à accepter sans arrière-pensées l'affection qui m'était offerte. Le père, pratiquant et d'esprit sévère, me semblait pourtant avoir trop d'indulgence pour ses trois filles ; la mère se défiait de moi et cela me blessa. Je n'en étais plus à devoir faire mes preuves. J'eus de longues conversations avec la seconde des filles, cadette de ma femme, plus détendue qu'elle, et qui savait trouver les mots justes. Elle ne pouvait vivre sans affection, disait-elle ; et elle englobait dans ce mot, me semblait-il, à la fois le sentiment romanesque qui plaît aux enfants de cet âge et le lien qui unit les membres d'une famille. Nous rentrâmes en France pour le voyage de noces, après une nuit de noces désastreuse : j'avais été saisi de terribles crampes d'estomac, dues sans doute à des repas douteux, ou trop abondants, pris dans des hôtels. Puis une mauvaise démangeaison au doigt m'empêcha de porter mon alliance. Mauvais augure, aurait-on dit superstitieusement. Je reconnaissais d'abord dans ces troubles un substrat somatique, sans refuser d'admettre que je présentais à la maladie un terrain rendu plus favorable par des années de privations et d'angoisse. Mais pour tout expliquer il aurait fallu aussi faire entrer en ligne de compte une forme de hasard, de malchance, *schlemazel*, qui s'acharna à me placer dans une situation difficile dans laquelle mes explications ne faisaient qu'aggraver les choses. Or, à partir du moment où on se concentre sur la question « pourquoi moi ? », on entre dans une série de problèmes insolubles, semblables à ceux qui m'avaient occupé à l'école rabbinique. De toute façon, qui se souciait d'expliquer ? Il s'agissait de vivre.

Les années qui suivent, jusqu'à la guerre incluse, font partie de l'Histoire. La venue de Hitler au pouvoir en fut l'événement majeur, survenu après une alternance de succès et d'échecs du mouvement nazi qui ne rendirent sa victoire que plus désespérante (et contribuèrent sans doute à le rendre plus forcené). Je me séparai nettement, à cette occasion, de mes amis communistes, au moins sur le plan des idées. Ils étaient décidément toujours prêts à bénir le fait accompli en se donnant des airs de stratèges. Mais les socialistes aussi se trompaient lourdement dans leurs estimations. À gauche, le seul qui semblait y voir clair était Trotski, qui ne cessait de prophétiser le pire. Je reconnaissais en lui un type d'hommes que j'avais bien connus, et admirés, mais dont la dureté me faisait froid dans le dos, et qui à mes yeux semblaient toujours avoir à se faire pardonner d'avoir choisi la mauvaise Palestine. Avec les amis que nous fréquentions, mon pessimisme constamment affirmé me rendait antipathique, on critiquait mon goût extrême de la politique qui ne débouchait jamais sur aucun engagement. Certains adhérèrent aux Croix-de-Feu par souci de paraître de bons Français ; d'autres fermèrent les yeux et décidèrent que tout cela ne les concernait pas. Je suivais de très près les affaires d'Allemagne ; je voyais comment les juifs y entraient dans le martyre en proclamant toujours leur attachement à l'Empire, leur qualité d'anciens combattants, voire pour certains leurs sympathies pour le national-socialisme. Les éditions juives Philo-Verlag, de Berlin, firent paraître en 1935 un de leurs derniers volumes, une petite encyclopédie du judaïsme établie avec un soin remarquable. J'ai encore sous les yeux les articles, d'une longueur disproportionnée, qui détaillaient sans pouvoir se permettre la moindre plainte ou critique les articles de la « législation aryenne » du Reich, ou qui expliquaient au lecteur comment échapperaient à cette législation ceux qui feraient valoir leurs titres d'anciens combattants de la Grande Guerre. Et, dans l'ordre alphabétique allemand, « Législation aryenne » était logiquement suivi de la « Lettre d'Aristée » *(Ariergesetzgebung – Aristeasbrief)*, comme la notice sur les anciens combattants précédait celle consacrée au poète néo-hébraïque Simeon Frug *(Frontkämpfer – Frug).* Les événements justifiaient rétrospectivement mon attitude de 1914 : à l'égard d'une société de brigands les scrupules patriotiques étaient superflus. Mon malheur était justement que les événements refusassent de me démentir ; mon angoisse devenait d'autant plus inguérissable qu'elle était celle de l'Europe entière. Léon Blum déchaînait autant de haines qu'il avait incarné d'espoirs ; aussi y avait-il de sa faute. Il avait cru trop pleinement à des rêves universels. Pour moi, je n'ai pas cessé, pendant ces années-là, de garder ma foi dans l'idéal sioniste.

Pour qui aime les symboles et la magie des noms, il faut noter que le commencement de la guerre vit la mort de deux exilés : Joyce en Suisse, Freud en Angleterre. Enfin, de deux exilés parmi tant d'autres. J'étais sans doute mieux armé qu'eux pour survivre. Je désire être très scrupuleux dans le récit qui va suivre ; d'abord parce que j'ai l'impression que je dois aussi parler au nom de ceux avec qui j'étais lié avant-guerre, et qui ne peuvent plus parler ; mais surtout parce qu'à partir de 1940, ce que mon destin pouvait avoir d'individuel s'est trouvé temporairement rejeté à l'arrière-plan. En décrivant cette époque de ma vie, je cherche à définir le sens d'une époque de l'histoire européenne et, par-delà, à démontrer la valeur de la réflexion pour la conduite de l'existence humaine. C'est une thèse qui a bien besoin d'être soutenue.

Dans l'immédiate avant-guerre, nous menions donc une vie assez aisée à Paris ; nous habitions près de l'Étoile, où j'avais aussi mon cabinet, à la suite d'une série de déménagements qui nous avaient conduits de Montmartre à ce haut lieu de la réussite sociale. Deux enfants nous étaient nés, dont le dernier en 1937, alors que j'avais déjà quarante-deux ans. On se moquait gentiment de cette paternité tardive, mais en respectant (du moins parmi mes vrais amis) les raisons qui l'avaient retardée. Depuis l'échec de mon projet américain, je n'avais jamais douté que je serais père un jour, mais je voulais être le mieux à même d'élever dignement mes enfants, ce qui supposait que notre établissement fût suffisamment stable. Je ressentis avec accablement le surcroît de responsabilité que je m'imposais ainsi, sans toutefois le discuter, puisqu'il me semblait que les processus naturels n'étaient pas de ceux qu'on discute. Peut-être même les lois de la nature étaient-elles en définitive le contenu caché qu'il fallait reconnaître derrière les préceptes bibliques : la critique moderniste de ma jeunesse s'efforçait ainsi de montrer – par une complaisance peut-être condamnable – que les règles alimentaires du Lévitique jetaient les bases d'une hygiène adaptée au climat du Proche-Orient, et je n'avais pas oublié cette hypothèse. L'éducation de nos enfants fut une source de conflits avec ma femme, encline à prêter l'oreille aux conseils de ses amies, aux recettes publiées dans les journaux, à celles que lui envoyait sa mère, et qui se retranchait fréquemment derrière le fameux « instinct maternel ». J'avais vu commettre trop de sottises sous l'influence de ce dernier pour lui accorder le moindre crédit, pas plus que je n'ai jamais accordé de valeur à la sagesse populaire, qui me paraît au contraire un masque commode pour l'ignorance et la folie. Bien sûr, l'instinct n'est pas totalement éteint dans l'espèce humaine, et la raison, grâce à laquelle l'humanité se maintient en vie, est sans doute accrochée plus qu'elle ne le croit à l'instinct. Mais la complexité du monde humain est désormais telle que, même si l'instinct y avait préservé toute l'étendue de ses pouvoirs, il ne pourrait qu'y engendrer des catastrophes. J'étais adepte d'une pasteurisation modérée, mais rigoureuse et sans exceptions. Je me souviens avec horreur, mais aussi avec attendrissement, du raisonnement que je me tenais, suivant lequel à mon âge je ne devais plus envisager – ce serait imprudent et ridicule – d'avoir d'autres enfants : il me fallait à tout prix préserver ceux-là. Une mère aussi raisonne ainsi, dans le secret de son cœur ; mais elle ne peut s'empêcher de savoir – ma femme, qui plus est, était plus jeune que moi de dix ans – qu'elle a en elle le pouvoir de donner la vie. Cette situation exacerbait mon angoisse, au point que je dus renoncer complètement à prendre soin des enfants, de crainte d'en tomber malade. Je paie tous les jours le prix de ce renoncement ; car si mes enfants ne sont pas ce que j'aurais souhaité, c'est sans doute en partie parce que leur mère n'a pas su contrebattre en eux l'influence de la nature laissée à elle-même. Mes amis protestent gentiment qu'ils « ne sont pas si mal que ça ». Mais je ne me consolerai pas facilement d'avoir des enfants semblables à la majorité de leurs contemporains. Je veux dire : des enfants pour qui tous les raisonnements se valent, et qui croient que c'est s'affranchir de préjugés que de mettre toutes choses sur le même plan : juifs et goyim, blancs et noirs, civilisés et sauvages, démocraties et dictatures, Bible et jazz, etc. Ils n'étaient pourtant que des enfants lorsque la sophistique moderne a commencé son travail de destruction : la période la plus sombre, à cet égard, commença avec le pacte germano-soviétique. Je cessai alors de parler politique avec quiconque. Les arguments m'étouffaient, et j'entrais dans des quintes de toux à faire peur. De plus, il n'était guère plaisant d'avoir un nom à consonance russe au moment où Molotov serrait en souriant la main de Ribbentrop. La France, comme un bateau en perdition, semblait prête à tout jeter par-dessus bord pour éviter le naufrage, et d'abord les étrangers, l'étranger : Espagne, Tchécoslovaquie, les émigrés allemands, l'odieuse Europe centrale, Dantzig étaient livrés en pâture aux requins. J'avais lu *Mein Kampf* et ne pouvais l'oublier, et ne comprenais pas que des politiciens pussent croire que la haine qui s'y exprimait allait doucement se calmer. Bien sûr, ils ne le croyaient pas eux-mêmes ; ils espéraient seulement n'être pas au nombre des victimes exigées par Hitler. Ce dernier abominait visiblement les Français, les trouvant abâtardis et négroïdes. Je concevais aisément que le désir de purifier racialement la France devait, en conséquence, venir à l'esprit de nombre de mes compatriotes. Cette idée, qu'elle fût ou non exprimée, me mettait à l'écart de tous, la marchande de quatre-saisons, la concierge, l'employée des Postes, l'agent de police, les retraités du square. Je gardais pour moi les nouvelles que m'apportait la *Frankfurter Zeitung*, laissant ma femme se raccrocher à on ne sait quel espoir. Hitler tenait entre ses mains les fils de nos vies, c'était à lui de décider l'heure et le lieu. Il était trop tard pour fuir aux États-Unis ; il fallait attendre, et garder assez de sang-froid pour le moment critique.

L'invasion de la Pologne emporta la décision : c'était le tour de la France. Je revêtis un uniforme de médecin militaire à képi dans lequel je croyais avoir belle allure et qui attendrissait les voisins. S'ils s'en étaient contentés ! Le régiment, dans son cantonnement, menait une vie mondaine et provinciale, isolé du monde, sans journaux, sûr de vaincre. À chaque permission, je m'efforçais de rassurer ma femme, de ne pas démentir trop brutalement les rumeurs exagérément optimistes qui couraient à Paris. Je ne savais d'ailleurs pas grand-chose de précis : mais je n'oubliais pas *Mein Kampf*, et lorsque nous écoutions à la radio la retransmission d'un discours de Hitler ou de Goebbels, il nous était difficile de croire que la glorieuse armée française constituerait un rempart suffisant contre cette menace qui nous visait individuellement et presque nominativement. La drôle de guerre s'éternisait : je fus démobilisé. Nous étions en vacances en Bretagne lorsque l'offensive allemande fut annoncée, puis ce furent, en un rapide enchaînement, la débâcle, l'exode (tiens, l'exode) et l'incroyable armistice. L'épreuve commençait.

Paris était occupé, des oriflammes nazies flottaient dans l'avenue, deux immeubles plus haut. Et peu à peu la France révéla le visage d'elle que j'avais toujours craint de voir apparaître : frivole, passionné, xénophobe. Le bruit des fameuses discussions politiques, orgueil de tous les cafés, avait vite disparu, et ce silence permettait la métamorphose. Paris était occupé, ravalé au rang des métropoles secondaires : Vienne, Varsovie, Prague, d'autres bientôt. Mais la France de la Révolution était le seul pays à conserver un gouvernement sous la botte, et cette indépendance prétendue était sa honte. Déjà le quartier juif de la rue des Rosiers sentait se préciser la menace ; à présent il fallait se déclarer, se faire inscrire comme juifs dans les commissariats de police. Nos amis me téléphonaient pour demander conseil, prendre la température de mon pessimisme : fallait-il se soumettre, en espérant que de respecter cette loi inique nous procurerait une certaine sécurité, ou risquer de se jeter dans l'illégalité et la fraude ? Ma religion était faite d'avance : j'étais résolu à ne pas nous inscrire, et à partir en assumant un nom d'emprunt ; je ne voulais pas aider les policiers à nous désigner au massacre, sachant qu'il était vain d'espérer des nazis quelque sentiment humain. Ceci paraît clair aujourd'hui ; mais la majorité choisit alors de se soumettre. Mon meilleur ami fut l'un de ceux-là. J'étais allé le voir pour tenter de le convaincre, pour l'inviter à partir avec nous s'il le voulait. Il m'opposa les arguments les plus hétéroclites : ne pas mentir ; les juifs allemands étaient les plus menacés ; il était trop tard ; il fallait « faire face » ; et surtout : il avait confiance en la France. Il consentit pourtant à mettre ses enfants à l'abri. Lui, je ne l'ai jamais revu.

J'obtins assez aisément une carte d'identité à notre nouveau patronyme, proche d'ailleurs de l'ancien, et il m'en coûta relativement peu. Je disparaissais ; le décret de Vichy interdisant aux juifs l'exercice de la profession médicale parut. On parlait déjà de rafles. Des policiers vinrent, peut-être pour m'emmener, un matin où je n'étais pas à la maison. Je trouvai à mon retour ma femme en pleurs, livide. Elle insista pour faire une démarche auprès d'une de nos relations, dont elle espérait un improbable appui. L'échec de sa démarche l'humilia, mais la convainquit de l'urgence de partir en zone libre. Nous confiâmes à des amis obstinés quelques papiers qui avaient pour moi valeur de souvenirs : mes diplômes, des lettres, les œuvres complètes de Herzl, de Stefan Zweig, de Tolstoï, des photos. J'abandonnais sans regret ce Paris nazifié qui nous poussait à la mort, les rues où courait la haine, les kiosques à journaux recouverts de mensonges, les amis murés dans leur bêtise, les « relations ».

Je passai le premier la ligne de démarcation. Je devais attendre dans le café d'un village le deuxième groupe, où se trouvaient ma femme et mes enfants. L'attente se prolongeait plus que prévu ; nous étions une demi-douzaine dans la salle, sans lumière, tâchant de distinguer du bruit de nos respirations oppressées et des rumeurs de la campagne l'annonce de la bonne nouvelle. Leur groupe pouvait avoir été surpris par une patrouille : nous avions nous-mêmes pris si peu de précautions. Le passeur pouvait avoir trahi, nous l'avions payé trop cher pour croire à son honnêteté. Trembler pour autrui est la pire souffrance, un surcroît de douleur qui nous incline immanquablement au désespoir, et à la honte de savoir encore soumettre le pire à des calculs. Un paysan vint à l'aube nous annoncer que nous devions retrouver le second groupe dans le village voisin, puis s'esquiva. Je partis avec un vélo de louage, n'ayant pas la patience d'attendre l'autocar. Ils étaient là en effet, dans le jardin du presbytère, bande assez pitoyable dans laquelle j'eus du mal à reconnaître les miens, tant la pâleur de l'aube et la détresse les rendaient tous semblables. Nous continuâmes notre trajet, notre fuite familiale. Les trains fonctionnaient mal ; les enfants pleuraient, vomissaient, il fallait leur chercher à boire en courant sur le quai. Les gens étaient désagréables et grincheux plus encore qu'avant la guerre, comme si chacun cherchait à se venger sur son prochain du malheur général, et craignait de ne pas assez se plaindre.

Nous passâmes donc à Saint-Étienne le plus gros des années de l'Occupation. Une relation de l'institut de stomatologie m'avait indiqué un dentiste qui acceptait d'employer dans son cabinet des confrères déchus du droit d'exercer. Il risquait théoriquement assez gros, mais il s'était ménagé des appuis au Conseil de l'Ordre nouvellement créé, et profitait honteusement de la situation en nous faisant travailler pour des salaires de misère. En tout cas ce travail était une aubaine, il nous faisait vivre et m'évitait l'oisiveté, génératrice d'angoisse. Je m'abrutissais d'extractions et de détartrages, et parvenais à oublier le reste. Peu à manger, presque pas de tabac ni de café, des vêtements de plus en plus misérables : cette vie ascétique nous gardait en bonne santé, et les terribles hivers sans chauffage semblaient donner à la population éprouvée un moral et une dignité que je n'avais pas vus en France depuis longtemps. On commençait à parler de sabotages, de Résistance, de réseaux : je me tenais à l'écart, pressentant que le pire n'était pas passé. Nous devenions suspects à force d'isolement, n'ayant de rapports qu'avec une vieille fille qui me servait d'assistante au cabinet et que nous avions prise sous notre protection. Nous partagions avec elle le secret d'être juifs, une complicité profonde, presque silencieuse, et renforcée par ce silence même. Ce triste secret était notre plus grande richesse ; et alors, réduit à sa plus simple expression, il n'était guère plus que l'espoir fou de survivre, une tension obscure, muette. À la suite du débarquement allié en Afrique du Nord, la zone libre fut à son tour occupée : les soldats allemands, le masque à gaz en bandoulière, vinrent parader et faire l'exercice dans les jardins publics ; il était question de rafles, de la Gestapo. J'acceptai la proposition de vagues relations, à qui nous n'avions jamais rien dit, mais qui surent nous deviner : des écoles religieuses de la région prenaient soin des « enfants persécutés ». Ces gens, catholiques pratiquants, avaient été alertés par des consignes de l'Église. Leur simplicité, leur gêne même étaient un témoignage de grande amitié, que je n'espérais plus. Car la vraie amitié se contente du silence, et n'est pas indiscrète. Nos enfants partirent donc en pension, mais leur départ ne fit, paradoxalement, qu'augmenter notre angoisse ; car l'un en face de l'autre nos regards ne se mentaient plus. Je fus prévenu par un fonctionnaire de la Préfecture que des rafles auraient lieu, mais que si j'étais absent de mon domicile au jour dit, « on » n'insisterait pas. Ma femme reçut une nouvelle fois les policiers, à qui elle expliqua que je l'avais abandonnée depuis plus d'un an, sans jamais donner de nouvelles, et qu'elle faisait des ménages pour vivre. Cela signifiait que nous avions été à la fois percés à jour, et protégés ; et en effet, ce fut la dernière menace. Nous allâmes voir nos enfants. La fille était malheureuse, souffrait de tout, de l'instruction religieuse, de la saleté, de la promiscuité, mais ne se plaignait de rien, et tentait de nous rassurer avec un sourire pitoyable. Le garçon ne disait mot. Nous les reprîmes, avec des paroles de remerciement aux religieux, dont les regards semblaient nous juger sévèrement pour notre froideur. Je leur serai toujours reconnaissant de ce qu'ils ont fait. Leurs motifs m'importent peu, obéissance au Pape ou désir de « gagner des âmes » ; je ne me suis jamais fait d'illusions sur les motivations humaines, qui sont toujours au moins partagées. Seuls les actes comptent, et ces actes-là doivent être mis au crédit de l'Église, qui a racheté ainsi beaucoup de ses crimes passés.

On approchait de la fin : Hitler serait vaincu, et si nous survivions, nous l'aurions vaincu. Il nous avait déclaré la guerre, et avait failli la gagner. Il la perdait en somme à cause d'erreurs de calcul, du jeu des impondérables, du hasard. Je ne suis pas partisan de récrire l'Histoire. C'est déjà une tâche suffisante de constater que c'est ainsi, et non autrement, que les événements ont tourné, et ils permettent de penser que la foi en Dieu n'est pas si absurde qu'il le semble, puisqu'elle rend aussi bien compte de l'Histoire que la raison la plus éclairée. Qu'on cherche tant qu'on veut à affiner sa compréhension des enchaînements humains, du mécanisme qui lie les événements : pour moi il est trop tard, et je m'en tiens là.

Pétain présida à Saint-Étienne sa dernière revue officielle ; les bombardements alliés se multipliaient, et je pus constater là encore que ma sagesse précautionneuse valait mieux que les à-peu-près du sentiment ou de l'intuition. Beaucoup de gens négligeaient à la longue de gagner les abris lors des alertes : il est affreux de mourir étouffé sous des décombres, disait-on. Et puis personne n'imagine qu'un bombardement, qui frappe au hasard et avec imprécision, puisse venir vous isoler de la foule pour vous punir, vous et non le voisin. Aussi terrorisé soit-on, on se sent bizarrement invulnérable, et protégé par le nombre. Il y eut ainsi des massacres de Stéphanois concentrés au grand air dans un parc pendant un raid de jour.

S'il fallait mourir, au moins que ce ne fût pas par bêtise.

La Libération arriva, à la fois délivrance authentique et supercherie. La France tout entière adopta du jour au lendemain ce nom pompeux et émouvant de « libération » que tous ne méritaient pourtant pas. Mais les peuples doivent se nourrir de phrases, et se comportent, par journalistes et hommes politiques interposés, comme s'ils devaient écrire immédiatement eux-mêmes l'histoire des événements qu'ils viennent de vivre. Pourvus d'un article défini, des mots s'élevaient au-dessus de nos têtes et de nos vies, pour nous dire ce que ç'avait été, et nous permettre d'en parler : « la drôle de guerre », « l'exode », « le débarquement », « la libération ». Restait que nous aussi avions été associés à l'histoire nationale, et puisque la France n'était pas trop détruite, il me semblait juste en même temps que pratique d'y rester.

1945 : j'avais cinquante ans. Quand je relis les pages que j'ai écrites jusqu'à la présente, et qui m'ont pris plusieurs mois, je suis frappé de la rapidité avec laquelle les années de ma vie s'écoulent sur le papier sans presque laisser de traces. Je voudrais m'arrêter à présent, ralentir ce cours qui s'accélère, comme je voudrais ralentir le cours de mes journées actuelles. Ce livre, qui plus est, me fait vieillir. Non seulement parce qu'écrire me fatigue, mais parce qu'il me force à projeter sur les années précédentes la tristesse qui est à présent mon lot. Enfant, étais-je aussi renfermé que je l'ai dit ? Sûrement pas. Cet apitoiement sur moi-même, qui a bien entendu de solides fondements, je crois me souvenir que c'est mon mariage qui en a fortifié la manie, c'est depuis lors que j'en ai systématisé l'emploi pour séduire, ou plutôt pour me venger d'avoir à séduire, au lieu d'être aussitôt chéri. Cet aveu me coûte, je n'en suis pas satisfait pour autant. Je ne suis pas de ceux qui croient que les paroles les plus difficiles à prononcer sont forcément les plus véridiques. Il y a dans le tempérament slave, et aussi, bizarrement, dans le tempérament juif, un plaisir pris à la confession la plus humiliante possible. J'en ai connus, parmi mes anciens condisciples, sur qui la lecture de Dostoïevski avait agi à la façon d'une drogue, d'un sérum de vérité, et qui ne rêvaient que de séances délicieusement avilissantes, de crimes commis pour la délivrance de l'aveu, de communion avec l'âme bestiale du peuple dans ses profondeurs. La psychanalyse participe d'un état d'esprit voisin, pour son malheur. J'ai en ce qui me concerne trop de respect humain pour le lecteur éventuel pour vouloir l'exposer à des révélations gênantes pour nous deux.

Pourtant, qu'est-ce donc qui a fait la matière de ma vie et qui s'est évanoui de ma mémoire au point que cette autobiographie sincère ne compte qu'un si petit nombre de pages ? Se peut-il que des événements oubliés de moi, et sans doute en petit nombre, aient eu tant d'importance réelle que le reste de mes jours compte pour presque rien ? S'il en était ainsi, il semble qu'il me faudrait, toute tâche cessante, tenter de les exhumer si je ne veux pas me réduire prématurément au néant. Poser la question, c'est en quelque sorte y répondre :

puis-je vraiment penser que ma vie d'individu présente assez d'intérêt pour justifier cette recherche ? Le néant auquel je prétendrais ainsi échapper, n'est-il pas la limite même, la signature divine de notre existence, en même temps que la trame principale de notre vie, dont les fils ne sont pas notre œuvre ? La seule entreprise à valoir quelque chose serait plutôt cette tâche d'écriture à laquelle je m'adonne à grand-peine, ou bien n'importe quelle tâche, pourvu qu'elle porte des fruits visibles. Quant à moi, Simkha, disons que j'aurai été un juif de mon époque.

Mais, je le sais, le lecteur ne se contentera pas de considérations si générales : et pourquoi ces démangeaisons au doigt, et pourquoi avoir renoncé à partir en Amérique, etc. J'ai à la fois conscience de m'être longuement et suffisamment expliqué sur ces points – au mieux de mes connaissances et de ma bonne foi, en tout cas –, et de devoir indéfiniment y revenir sans espoir de convaincre quiconque. Je connais déjà le jugement qu'un grand nombre de mes amis et connaissances portent sur moi et sur notre couple ; j'apparais comme une sorte de tyran domestique immodérément pessimiste, qui provoque les catastrophes en les prévoyant, et s'en exagère l'importance. Moquerie, crainte, pitié sont les sentiments que j'inspire principalement ; espérons tout simplement que l'ensemble de ces pages parviendra à en faire naître d'autres.

J'avais cinquante ans : les années de guerre avaient compté double, on le dit à juste titre, mais en apparence les dégâts sur mon corps n'étaient pas trop lourds. La calvitie se développait, mais elle avait commencé ses ravages bien avant la guerre. Mes douleurs intestinales elles aussi étaient une vieille connaissance. J'étais un bon marcheur, dur au travail, et même acharné. J'avais eu, vers la fin de l'Occupation, une alerte isolée : une syncope m'avait jeté à terre dans la cuisine sans avertissement, terrorisant les miens, qui ne se doutaient pas de l'état d'épuisement dans lequel je me trouvais alors. Mais je n'avais jamais récidivé. J'aimais toujours avec passion la lecture, sans pouvoir lui consacrer d'aussi nombreuses heures que je l'aurais désiré. Quant à écrire, je ne l'avais jamais fait qu'en cachette depuis mon mariage, utilisant de petits carnets à pages quadrillées, ou des agendas médicaux, qui me sont bien utiles aujourd'hui pour compenser les défaillances de ma mémoire. Somme toute, j'étais en bonne forme, sauf que j'avais pleinement conscience d'entamer la dernière partie de mon existence avant d'avoir eu l'occasion de donner toute ma mesure. Travailler, je ne m'y refusais pas, au contraire ; mais repartir à zéro n'était guère enthousiasmant. L'un des premiers décrets du général de Gaulle me permettait d'exercer à nouveau en toute légalité. Il me fallait aussi reprendre mon nom véritable, jeter le masque devant des voisins qui ne manqueraient pas d'être étonnés. Aussi crus-je plus sage de changer de domicile. Un cabinet de stomatologie en vente à Vichy m'en donna l'occasion.

Après des années d'activité salariée et somme toute protégée, l'argent redevenait pour moi le problème numéro un. J'aurais aimé me contenter de le gagner au jour le jour, mais ce laisser-aller m'était interdit : il fallait prévoir aussi bien ma propre vieillesse sans retraite que les frais de l'éducation des enfants, et rien que pour démarrer un cabinet, pour acheter le matériel, il me fallait une sérieuse mise de fonds. Dans une famille normale, ce problème est résolu, souvent, par l'arrivée plus ou moins attendue d'un héritage qui, sans rendre riche, vous met définitivement à l'abri des calculs les plus mesquins. Moi, j'étais destiné à calculer jusqu'au bout, et à ne mettre de côté que pour dépenser encore. Condamné à dépenser jusqu'au bout mon énergie pour compenser un irrattrapable manque de capital. Petit fonctionnaire, je n'aurais pas connu ces difficultés. Mais j'étais en quelque sorte chef d'une entreprise à la fois professionnelle et familiale dans laquelle je devais constamment investir, et dont je retirais comme seule satisfaction d'éviter à chaque fois la banqueroute. Ces problèmes financiers ont été dès lors d'autant plus douloureux que je ne suis jamais parvenu à en faire comprendre le mécanisme aux miens : il m'a toujours semblé que le percepteur, à qui je faisais parvenir chaque année une sorte d'examen de conscience élaboré à force de veilles studieuses, me comprenait mieux que ma femme, par exemple. Non qu'elle fût vraiment dépensière, ni mes enfants ; mais j'aurais souhaité qu'elle manifestât plus clairement sa sympathie à mon égard. Or, visiblement, elle croyait que c'était par avarice que je rechignais à remettre entre ses mains l'argent gagné par des heures d'exploration dentaire, alors que je souffrais simplement de voir détruit par la consommation quotidienne le fruit d'un travail que j'aurais préféré créateur, plus lié à l'activité de l'esprit. La logique du système m'obligeait en effet à m'adonner à des travaux de plus en plus manuels, et ineptes, de moins en moins spécialisés. Pour échapper à la gêne, je devais de plus en plus déserter la stomatologie pour la dentisterie, plus rémunératrice et plus humiliante. Ma participation aux travaux des sociétés savantes devenait symbolique ; mes rêves de jeunesse me semblaient loufoques, et la découverte de la cure de la pyorrhée ne venait plus me hanter que dans des cauchemars. Ma profession, c'est-à-dire l'essentiel, le moyen de notre subsistance et l'axe de ma vie, devenait l'instrument principal de ma déchéance.

Tout cela était en germe dans ma décision de partir exercer à Vichy, au lieu de tenter de remettre en marche mon cabinet de Paris ; mais je ne regrette pas cette décision, qui était en partie inévitable. D'abord, parce que la lenteur des actions administratives ne me permettait pas d'espérer reprendre possession des lieux ni de mon mobilier avant de longs mois, pendant lesquels les occupants actuels pouvaient multiplier les subterfuges juridiques. Je craignais que le provisoire ne se prolonge, et d'imposer à mes enfants une existence précaire à Paris à un moment où ils avaient eux aussi besoin de paix et d'équilibre. Mais surtout parce que je ne me sentais pas pourvu de l'énergie nécessaire pour lutter et m'imposer de nouveau à Paris. L'avenir était incertain pour nous, dans ce pays qui avait pendant quatre ans rendu les juifs invisibles. La province, me sembla-t-il, nous serait plus clémente dans son apathie relative. Ce renoncement était grave. Il privait ma femme de la possibilité de travailler à nouveau comme chimiste le jour où les enfants seraient assez grands, et ces derniers des appuis parisiens qui pouvaient aider leur avenir. La décision ne fut d'ailleurs pas prise en un jour ; mais l'apaisante douceur des mœurs provinciales finit par l'emporter.

J'écris ceci avec le recul des années ; j'en étais bien sûr déjà conscient à l'époque, mais notre joie et notre gratitude presque religieuses pour avoir survécu au massacre étaient si grandes qu'elles rendaient dérisoires les problèmes les plus angoissants, en les plaçant sur le fond éclatant de la vie retrouvée. Nous écrivions lettre sur lettre et faisions démarche sur démarche pour avoir des nouvelles de nos proches ou de nos amis. La Croix-Rouge, l'UNRWA, le ministère des Anciens Combattants faisaient publier les listes de rescapés ; des associations se créaient ou se reconstituaient pour regrouper les anciens de telle ou telle bourgade des régions de l'Est de l'Europe. Ceci valait surtout pour ceux qui se trouvaient avoir été ramenés dans les régions occupées par les armées américaines. Les nouvelles des pays occupés par l'Armée rouge étaient plus rares ou moins précises. À cela s'ajoutait le chaos des transcriptions fantaisistes ou infidèles des noms propres. Allez faire comprendre à un fonctionnaire français que Finkelsztajn, Finkelstein et Finkelsteinas, par exemple, désignent peut-être la même famille. Aussi beaucoup de lettres restaient-elles sans réponse sans qu'on pût savoir exactement pourquoi. De ma famille restée en Bessarabie, je retrouvai seulement la trace de deux cousines, deux jumelles, qui se trouvaient à Tchernovitz (Cernovic, Tchernovtsy), dans la République moldave annexée à l'URSS. Mon père, ma belle-mère avaient sans doute disparu dans la tourmente, au cours d'une action de *Sonderkommando* dont les victimes n'étaient pas identifiables. Mon oncle et ma cousine, eux, étaient depuis les années 30 en sûreté à Brooklyn. Du côté de ma femme, en revanche, dont la famille était de toute façon plus nombreuse que la mienne dès avant la guerre, les survivants étaient logiquement plus nombreux : si ses parents avaient disparu, en effet, son frère et ses deux sœurs nous donnèrent de leurs nouvelles depuis un camp de personnes déplacées en Bavière, où ils avaient fini par se rejoindre. Ma femme partit aussitôt qu'elle en eut l'autorisation.

On commençait alors à peine à mesurer l'étendue des ravages et des massacres causés par les nazis. On savait pourtant que des horreurs avaient été perpétrées dans les camps de concentration, et qu'un grand nombre de déportés y étaient morts ; mais il fallait faire la part des exagérations, surveiller les invraisemblances, attendre les témoignages les plus précis et les publications officielles. Je me souviens de discussions exaspérantes avec des amis lors du retour des prisonniers de guerre : leurs récits suscitaient la compassion de la population, qui les plaignait d'avoir durement travaillé, d'avoir peu mangé, d'avoir eu froid. En face de ces expériences incontestables, même les documents des procès de Nuremberg paraissaient délirants, et trafiqués. Lorsque ma femme revint et plus tard lorsqu'une partie de sa famille passa nous rendre visite à Vichy, j'entendis de leur bouche des récits et des descriptions difficiles à soutenir. Ainsi ces gens assis en face de moi, et qui semblaient raisonnablement bien se porter, avaient enduré tout cela ? J'admets qu'ils se soient laissés aller, peut-être en toute bonne foi, à s'attribuer à eux-mêmes des expériences dont ils avaient été seulement les témoins, ou qu'on leur avait rapportées ; je sais qu'on ne peut demander à un individu d'évaluer avec précision le nombre de personnes qu'il a vues en telle ou telle occasion, et qu'il est porté à le gonfler en toute innocence ; il n'en restait pas moins que ces yeux amicaux ou malicieux avaient enregistré des spectacles d'horreur, que ces cœurs avaient tressauté dans un désespoir permanent, que ces êtres aimants avaient dû vivre la mort de ceux qu'ils aimaient, et qu'ils n'étaient pas devenus fous. Bien au contraire, ils manifestaient une ardeur à vivre, ou à revivre, à côté de laquelle notre activité semblait bien languissante, un optimisme contre lequel il était bien difficile d'argumenter, puisqu'il s'appuyait sur une connaissance intime de la mort. De toute façon j'étais d'autant plus gêné pour leur parler qu'ils n'étaient de ma famille que par alliance, et que ni la guerre ni leur expérience des camps n'avaient fait disparaître la méfiance réciproque qui nous avait séparés lorsque nous nous étions connus, lorsque j'étais venu, pour me marier, dans le pays de ma femme. Je retrouvai la seconde sœur : elle avait perdu son mari et un enfant ; elle s'était remariée au sortir du camp de personnes déplacées avec un médecin plus âgé qu'elle, ancien déporté lui aussi. L'insouciance qui me mettait si mal à l'aise chez les autres, je la supportais très bien chez elle. D'abord parce qu'elle y mettait une touche discrète de féminité qui semblait dire qu'il ne fallait pas prendre cette insouciance trop au sérieux. Son sourire ne pouvait être si gai que parce qu'elle savait au fond d'elle-même de quoi la vie était faite : si le pire est possible, la mélancolie n'est pas de mise. Mais aussi parce que j'avais l'impression que sa perspicacité retenue était capable de voir en moi au-delà des apparences : je n'étais pas un hypocondriaque, un empêcheur de danser en rond, mais une victime enfermée dans un cercle si vicieux que ses plaintes ne faisaient que renforcer la conviction générale d'avoir affaire à un malade imaginaire, souffrant réellement d'une affection inexistante. Les déportés venaient nous dire : vous n'avez pas le droit de vous plaindre. Et moi je pensais : les uns sont morts à Auschwitz, d'autres y ont survécu, nous nous sommes passés à côté, d'autres encore n'ont même pas été menacés ; mais cette énumération ne fixe pas une hiérarchie d'hommes, seulement une échelle de souffrances. La guerre a poussé au paroxysme les virtualités du temps de paix. Dès lors chacun, tout comme moi, se retrouve en face de sa propre question, de la question qu'il est : pourquoi moi ? Je ne suis pourtant pas agnostique en ce qui concerne l'Histoire, loin de là ; je crois qu'il y a, sinon un sens de l'Histoire, du moins une vérité historique et une seule, et qu'elle importe à chacune de nos existences. Il est certes troublant que tant d'hommes fondent leur vie, soit sur une interprétation erronée des événements qui leur sont contemporains, soit sur l'ignorance totale. Mais cette ignorance et cette erreur aussi font partie d'un dessein général.

Une tâche politique paraissait alors à mes yeux essentielle, une idée qui était parvenue à sa maturité devait définitivement s'incarner : l'État juif. Il avait fallu le détour horrible des dernières années pour que cette évidence s'impose. Le *Judenstaat* imaginé par Herzl trouvait la justification la plus dramatique dans le *SS-Staat*, comme Kogon avait nommé le système concentrationnaire. Ce système en effet ne pouvait tolérer en son sein que la résistance, aussi faible fût-elle, des groupes nationaux ou politiques : les juifs y avaient été brisés et émiettés parce qu'une telle organisation leur manquait. Même la révolte du ghetto de Varsovie, qui sauvait l'honneur « à la polonaise », était une manifestation d'un autre âge, un sursaut sentimental pathétique mais inutile. Je refuse de me laisser prendre au piège de ceux qui déclarent que les martyrs ne meurent pas en vain : si, malheureusement, ils meurent en vain, « pour la sanctification du Nom », et leur exemple brille d'une lumière négative. Voilà ce qu'il ne faut pas être amenés à faire. Aussi donnai-je tous mes soins et mon énergie à l'organisation sioniste, en laquelle je voyais à la fois une thérapeutique d'urgence et une ordonnance pour l'avenir. Une des idées qui m'avaient jadis le plus frappé était celle de « dégénérescence », que le psychologue et psychiatre Max Nordau avait apportée à Herzl. Ce dernier avait su en faire un des fondements intellectuels les plus solides du sionisme. Nordau appliquait à l'histoire morale une notion biologique, et soutenait que la juiverie européenne souffrait d'une dégénérescence physique et morale due à ses conditions de vie, à sa séparation d'avec le milieu naturel nourricier, agricole et campagnard. Certains traits du caractère juif s'étaient hypertrophiés ; d'autres, plus vitaux, dépérissaient. D'où l'espoir mis en une régénération du peuple juif – il ne s'agit pas de « race » – au contact de la terre d'Israël.

Le sionisme, dans ces années-là comme avant-guerre, était divisé en familles politiques : les sionistes religieux, peu importants, les sionistes-révisionnistes, les sionistes-socialistes, qui allaient devenir majoritaires dans le nouvel État. Je me sentais proche de ces derniers, de leur respect pour l'intellect, pour les sciences, pour la démocratie moderne, de leur préférence pour les solutions politiques négociées, tolérantes, non violentes. Mais il me fallait reconnaître malgré moi que la décision même de fonder un État, d'en imposer et d'en défendre l'existence par la force et par l'audace (voire par la ruse), sans trop compter sur la bonne volonté des Alliés ou des Nations-Unies, que tout cela devait quelque chose aux excès des révisionnistes, à leur adoration païenne de la force, à l'immoralité de leur nationalisme. Par curiosité, et parce qu'il était comme moi originaire d'Odessa, j'étais allé écouter leur chef, le brillant Vladimir Jabotinsky, lors d'un de ses séjours à Paris au début des années 30. Éloquent, passionné, héroïque – il se dégageait de sa personne et de ses appels au combat une aura due à son rôle de chef de la Légion juive pendant la Première Guerre mondiale –, il cherchait constamment à entraîner son auditoire au-delà du raisonnable. Mais je voyais que la séduction qu'il exerçait venait moins de lui, de sa personne, que de formes de pensée étrangères à la tradition juive (le nietzschéisme, l'esthétisme, l'attachement au sol), pensées qu'il avait adoptées précisément parce qu'elles étaient lointaines, en vertu d'une nostalgie pour ce qu'on n'a pas, pour ce qu'on n'est pas, à laquelle personne, il est vrai, ne peut tout à fait se refuser.

Parallèlement, et sans y voir aucune contradiction, j'entreprenais les longues démarches qui devaient me permettre de changer définitivement de nom. Si un jour nous partons tous en Israël, me disais-je une fois que les événements eurent abouti à la proclamation inattendue de l'État – ces démarches auront été inutiles mais non néfastes. Mais ce n'est pas de médecins qu'ils ont besoin : il y en a déjà pléthore, et d'excellents. Et il faut avant tout laisser la place à ceux pour qui l'émigration est une nécessité, ou le sera, parce qu'ils vivent dans des pays où la vie est trop dure à supporter. Or, si nous restons ici, je n'ai pas le droit d'imposer à mes enfants une existence de citoyens de seconde zone, moqués, désavantagés ou isolés. Je n'entendais pas bien sûr les détacher du judaïsme ; j'espérais au contraire les en rendre assez fiers pour que le problème de leur assimilation ne se pose jamais. J'avais confiance qu'ils sauraient faire accepter, sinon aimer, leur judaïsme à leurs voisins sans en souffrir. Avec le recul du temps et maintenant que cette substitution de noms est chose faite depuis quelques années déjà, je regrette à moitié cette décision ; mes enfants eux-mêmes l'ont critiquée, peut-être avec trop d'emportement. Ils en profitent pourtant, mais il est vrai qu'elle risquerait d'encourager en eux, si les circonstances les y poussaient, un renoncement fâcheux à ce qui constitue l'originalité essentielle de leur être. Je ne souhaite pas qu'un retour de flamme vienne leur prouver que cette précaution n'était pas inutile ; je ne voudrais pas non plus qu'ils la prennent pour un masque. Car dans l'histoire, de saint Paul à Karl Marx, la figure du juif converti a souvent des traits hideux.

La Question juive de Marx est un texte effrayant : il y dit qu'il faut se débarrasser des juifs pour atteindre la véritable émancipation. J'entends bien qu'il ne faudrait pas prendre ces mots-là au pied de la lettre : alors pourquoi les avoir écrits ainsi ? Il est certain que les juifs ne sont pas tous beaux à regarder, ni admirables ; on rencontre chez eux les vices communs de l'humanité, de la lâcheté à la sottise, plus quelques attitudes spécifiques façonnées par des siècles d'équilibrisme. Mais outre qu'ils ont leurs qualités bien à eux, le goût de l'esprit et des arts, le courage, le respect de la vie, leur existence a pour but de susciter non pas l'amour des hommes, idéal et mensonger, mais la considération de la loi morale, laquelle, si elle s'impose à tout homme, dans l'évidence de son cœur, est une charge infiniment trop écrasante pour l'humanité prise dans son ensemble.

Une pause un peu plus longue dans mon travail, due à un affaiblissement général de mon état, m'a obligé, avant de m'y remettre, à relire ce qui précède. Je ne passe pas sous silence ces retours en arrière, comme je le ferais si je composais un livre sur un projet moins personnel. D'abord parce que leur mécanisme me paraît si caractéristique de ma façon de raisonner qu'il me semble utile d'en donner des exemples au lecteur. Aussi parce que je me demande si le loisir me sera laissé d'enregistrer un jour la période que je vis actuellement, dont l'importance est capitale pour l'intelligence de ce qui l'a précédée, et dont je veux laisser au moins une trace par avance et comme pour mémoire. En relisant ces pages, donc, je suis frappé par la coïncidence qui s'y dessine nettement entre mon existence, et une question posée à notre époque : quelle est la place de l'éthique dans la vie sociale ? J'ai souvent pensé que ma vocation était peut-être celle d'un pur intellectuel, entretenu par les siens pour pouvoir se vouer à l'étude ; et qu'en continuant dans ma toute première voie, je serais devenu une sorte de penseur moral, à la Martin Buber, traduisant dans un langage relevé des interrogations et des exigences collectives. Je ne m'étais pas pour autant écarté de la conviction que la philosophie, morale ou autre, consistait à parler pour ne rien dire ou, au mieux, à parler de ce qu'on ne connaît pas (je n'excepte pas de ce jugement sévère une bonne part des spéculations talmudiques). Il est d'autant plus frappant que je me sois si souvent trouvé en position de philosophe, voire d'oracle, de qui l'on attendait les formulations à la fois les plus claires et les plus abstraites. Qu'il s'agît de voter, d'éduquer les enfants, de choisir une résidence, on savait que mon avis serait appuyé sur les raisons les mieux pesées, donné sur le ton le moins passionné possible. Encore que je doive reconnaître qu'il m'arrivait, devant l'obstination aveugle de certains interlocuteurs, de perdre patience en reconnaissant l'obstacle que dressait la présence indéracinable de l'irrationnel humain.

Cette pause doit me permettre de passer à la période suivante, quitte à y inclure de nouveaux développements sur des thèmes que j'ai déjà abordés ; soit que la mémoire m'apporte avec retard des détails que je lui ai jusqu'à présent demandés en vain, soit que le cours même du récit vienne jeter, y compris pour moi, des lueurs nouvelles sur des faits anciens. Nous verrons bien.

Quel événement dois-je choisir, assez marquant, porteur d'une signification assez complexe pour que s'y concentre la suite des jours dont le détail s'est effacé de mon souvenir ? Je pense à une journée de 1953 ; nous étions tous les quatre à La Bourboule, sans doute pour les vacances scolaires de Pâques, ou était-ce au Mont-Dore aux vacances de Noël ? Plutôt à Pâques, car je crois sentir encore le soleil sur la petite terrasse, dans l'air froid, qui s'accordait si bien à ma joie douloureuse. Ces courtes vacances étaient un plaisir pour moi plus que pour les miens ; je pouvais les entraîner dans des promenades en forêt pendant lesquelles j'étais le seul à ne pas traîner la jambe, lire (je me souviens du *Serpent à plumes*, de D.H. Lawrence, et qu'il m'avait déçu), marcher dans des rues médiocrement animées où personne ne me connaissait et où je n'avais pas à faire figure, pouvant passer au gré de mon imagination ou de celle des passants pour un professeur de lycée ou pour un important personnage recherchant l'incognito. Il semblait qu'il n'existât plus aucun lien entre cette petite ville d'Auvergne où je me promenais, anonyme, et la bourgade de Bessarabie où mon origine était enfouie à jamais, sauf le regard de complicité que je pouvais lancer aux arbres, à l'herbe, le sentiment de reconnaissance qu'éveillait en moi la senteur de la forêt, l'accord que je retrouvais avec le bruit du torrent, mélodie intime où j'entendais tant de choses que je n'aurais su dire. Au retour d'une promenade, vers midi, nous trouvâmes des amis nous attendant devant l'appartement où nous logions : savions-nous ? savais-je ? Non, de quoi s'agissait-il ? Les médecins soviétiques (ceux de « l'affaire des médecins ») venaient d'être réhabilités. Eux l'avaient appris par la radio de leur voiture, et à peine avais-je pu commencer à contester l'authenticité de la nouvelle que les informations venaient la confirmer. Je ne me souviens aujourd'hui que du nom d'un de ces médecins : Vinogradov. Peut-être la raison en est-elle que *vinograd*, le raisin en russe, est pour moi comme l'emblème de ma province natale, comme je crois l'avoir dit, et que j'en ai gardé un goût presque immodéré pour ce fruit, sur lequel je m'étonne de voir tant de gens faire la fine bouche. Mais est-ce sûr ? À vrai dire, je me demande même si au lieu de citer le nom de l'une des victimes – les médecins réhabilités avaient malheureusement été déjà exécutés, et sans doute avant même que le monde eût appris de quoi on les accusait – je ne fais pas remonter de ma mémoire le nom de l'un des bourreaux, ou des accusateurs. Mais non, Vinogradov, et comment s'appelait cette femme, cette doctoresse qui avait soutenu l'accusation par ses calomnies ? Peu importe à présent. Ce qui me réjouissait alors n'était pas tant d'avoir eu raison : le prix de cette réhabilitation posthume, et sans doute incomplète, était trop élevé. Qui d'ailleurs se souvient encore qu'il y eut à cette époque, en France, des gens apparemment raisonnables pour ajouter foi à la fable d'un « complot des blouses blanches » au Kremlin ? Non, c'était pour moi, plus secrètement, comme l'annonce d'une complicité qui me liait étroitement, ici sur les bords de la Dordogne, à ces personnages désormais immortels dont j'aurais pu être le condisciple, à ces médecins juifs que le mensonge le mieux organisé de l'Histoire n'avait pas réussi à ensevelir sous l'infamie. Qu'ils aient gravi tous les échelons de la société soviétique, avec toutes les compromissions que cela n'avait pu manquer d'impliquer, jusqu'à se trouver dans l'enceinte même du Kremlin, au chevet du dictateur, et que soudain, à la suite d'un coup de théâtre encore inexplicable, leurs destins se soient trouvés miraculeusement remis à l'endroit par une puissance qui était au-delà de la vie ; que ces hommes qui depuis une vingtaine d'années avaient vécu dans le silence retrouvent la parole alors même qu'on les assassinait, c'était là un événement fantastique auquel je ne pouvais pas ne pas me sentir associé. Je sentais (ce sont là des choses qu'il est loisible d'écrire, dans un manuscrit que Dieu seul sait qui lira, mais que je n'aurais pas le ridicule de prononcer), que Vinogradov m'avait parlé, par la voix sentencieuse du speaker de la radio, que son esprit désincarné m'avait souri, voulant me dire que le sacrifice de sa vie, qui lui avait été imposé, il me l'offrait et, à travers moi, à tous ceux qui vivaient et voulaient vivre. Je n'ai jamais été de ceux qui pleurent sur le passage du temps ; et lorsque ma pensée me renvoyait à ma jeunesse, j'en tirais le plaisir et le sens que je pouvais, sans gémir. Aussi, Vinogradov mort et réhabilité, plutôt que de me renvoyer à notre origine, me projetait-il vers l'avenir sans limites que nous ne connaîtrions ni l'un ni l'autre ; et il m'adjurait d'y rester lucide, fussé-je le seul. Son message m'assurait aussi que je saurais l'être.

Que pouvais-je dire à ceux qui m'entouraient ? Il fallait leur laisser le temps de comprendre, et je m'efforçais de rester calme en répondant à leurs arguments affolés. Un événement tel que celui-là les faisait brutalement sortir du terrain habituel de leurs pensées pour les hausser au niveau d'une politique moins mondiale que fondamentale, et ils s'essayaient à « sonder les intentions des maîtres du Kremlin », comme on dit, avec la même bonne volonté passionnée et maladroite qu'ils appliquaient au problème de l'école laïque ou à l'organisation d'un dîner. Ils ne montraient de compétence, en général, que dans le cercle étroit de leur spécialité, et encore : économie domestique, commerce, intrigue. Ma supériorité, j'en avais plus que jamais conscience, avait été de viser dès le départ à une spécialité qui fût la plus générale possible, par exemple la médecine ; ou bien – mais je devais me souvenir avec douleur de l'échec qu'avait été ma thèse de doctorat, bâclée et peu concluante – plus précise et plus profonde, l'articulation obscure entre le somatique et le psychologique. J'eusse aimé qu'au moins mon fils pût plus tard profiter de mon expérience et de ses forces inentamées pour reprendre à nouveau le même problème. Je me souviens de lui avoir recommandé, dans cette intention, la lecture du livre de Bergson, *Le Rire,* dans lequel je voyais une sorte de moyen terme, puisque cet ouvrage de philosophie tentait néanmoins, avec ses moyens, d'élucider le nœud de contradictions qui fait que de temps à autre l'homme est secoué par l'évocation de sa misère. Mais il me rendit le livre en m'assurant avec impertinence que Freud avait dit beaucoup mieux, et qu'il ne voyait pas pourquoi je m'attachais à des idées aussi démodées. Je ne désespère pas de lui, mais presque...

J'étais donc, au milieu des miens, dans un isolement total. Le dialogue avec ma femme était impossible en quelque sorte par nature : la différence des sexes me paraissait à ce point infranchissable que je regrettais la discipline rigoureuse de la loi juive, persuadé que si nous l'avions suivie avec plus de rigueur, sa sévérité même nous eût unis dans une commune gêne, et, qui sait, un commun plaisir. Mais les circonstances difficiles de la vie, l'indulgence d'une mère, jointes à je ne sais quel reste imbécile en moi d'un athéisme de jeune homme, nous avaient retenus d'accepter ce joug salutaire. Hors de lui, il eût fallu à notre mariage un aliment bien brûlant et bien solide à la fois pour nous faire nous vouer l'un à l'autre des sentiments plus assurés, plus précis, que la pitié, la tendresse ou l'habitude qui nous tenaient à distance. Avec ma fille devenue adolescente, mes rapports n'étaient pas plus faciles qu'avec sa mère : enfant, elle avait éclairé les premières années de mon mariage par sa gaieté, son caractère facile, son goût de la vie, l'affection qu'elle me portait spontanément. Puis, les années sombres de l'Occupation avaient jeté sur elle comme un voile ; elle avait dû apprendre à se taire, à dissimuler, à prendre sur elle à un âge où la clarté est si nécessaire. Progressivement notre intimité s'était défaite, et j'avais peine, en la voyant si morose, à reconnaître en elle l'enfant rieuse que j'avais adorée. Je supposais que peu à peu, avec les années d'école, son esprit gagnant en maturité, il me serait possible de renouer un contact que le rire avait suffi autrefois à établir ; mais il n'en fut rien. Je la voyais avec chagrin s'enfoncer dans le cercle sans issue des amitiés médiocres, se conformer aux lieux communs les moins défendables, par un désir, que je comprenais sans l'excuser, de ressembler le plus possible, par l'apparence au moins, à ses camarades du même âge dont le sort l'avait indélébilement séparée. Il y eut le premier bâton de rouge à lèvres, le premier bal, la première surprise-partie, la première sortie au cinéma avec des amis. Sa mère encourageait ou regardait avec indulgence ces frivolités, dans lesquelles elle voyait peut-être une revanche, ou un retour de sa propre jeunesse ; je m'y opposais moins par conviction que pour jouer un rôle qui m'était en définitive pénible, mais me revenait, et parce que je croyais fermement qu'elle ne pourrait que se rendre encore plus malheureuse à vouloir faire et être comme les autres. Le rouge à lèvres était comme l'exemple le plus clair de son désir d'adopter, plus pour se grimer que pour s'embellir, un masque dont je pensais qu'elle n'avait pas besoin : car il s'agissait moins dans son esprit d'user des armes de la séduction féminine que de dissimuler son visage nu, pourtant le plus pur instrument de beauté qui soit donné à une jeune fille. Mais elle avait des boutons. Qu'à cela ne tienne, répliquais-je, et je proposais de s'attaquer au mal plutôt que de le recouvrir de fard, d'avoir recours à un dermatologue, voire de soigner son état général. Nos discussions étaient interminables, creusant entre nous une distance excessive. Un rien les faisait reprendre. Après le rouge à lèvres, que je finis par tolérer, par fatigue, il y eut les bas. Que des femmes mûres consentent à crever de froid pour arborer ce qu'elles croyaient être une élégance, libre à elles. Mais je trouvais absurde qu'une adolescente, presque une enfant, désirât souffrir et mettre en péril sa santé (et je ne parle pas du prix des bas, article encore luxueux). On se moquait de moi lorsque je proposais des chaussettes : ce serait ridicule ! Je cessais de parler, étranglé de fureur, renonçant à dire que le singe était plus ridicule que l'homme, et qu'on ne pouvait trouver que des avantages à déterminer raisonnablement sa conduite. Il était dès lors inévitable qu'elle en vînt à fumer, à sortir tard le cas échéant, ce que je n'aurais pas condamné si je n'avais senti que ces sorties étaient bien moins des plaisirs que des efforts désespérés pour suivre le mouvement dans ce qu'il avait de plus superficiel. Il était également logique que ses études ne soient pas aussi brillantes, ou aussi aisées, que je l'aurais souhaité ; elle passa pourtant son bac sans encombre, il me fallait dès lors envisager de la voir partir faire des études à l'Université. Elle semblait y voir surtout un moyen d'émancipation, plus qu'un accès à la connaissance ou à un métier, mais je pensai que sa vie serait facilitée, de pouvoir compter sur un moyen de la gagner, plutôt que d'être astreinte à entrer dans la course aux maris, dont la vie provinciale nous montrait tant d'exemples pitoyables, et qui de toute façon serait pour elle plus difficile que pour quiconque. Je lui proposai des études de lettres, pensant que le métier de professeur de français, ou d'anglais, était ce qu'une femme pouvait souhaiter de mieux, puisqu'il lui permettrait de concilier le travail avec la vie de famille. Quelles ne furent pas ma surprise et ma colère, lorsqu'elle nous annonça qu'elle voulait entreprendre des études de chirurgie dentaire ! Qu'elle prétendît suivre ma voie, passait encore, bien que je ne la crusse pas capable d'aller jusqu'au bout des longues études de médecine ; mais qu'elle s'en tînt à ce métier qui était la marque de l'échec de ma vie, comme s'il avait été l'essentiel, qu'elle voulût imiter en moi le dentiste ! Elle devait pourtant connaître le milieu mesquin et mercantile de mes confrères, gens fermés définitivement à toute culture, anciens prothésistes persuadés qu'ils n'avaient plus rien à apprendre, alors que même le plus simple des ouvriers cherche à se perfectionner dans sa spécialité. Voulait-elle à son tour s'enfermer dans cette étroite société dont je nous croyais si éloignés ? Je n'étais pas insensible à la bonne volonté que ce choix manifestait, et même à l'amour (je me méfie de ce mot), mais j'étais désespéré de l'incompréhension dont je me sentais victime, au point qu'on crût par là me faire le moindre plaisir. Grand merci, je n'en demandais pas tant, et tâchai de lui faire comprendre, ainsi qu'à ma femme, que je serais bien plus satisfait de la voir choisir un métier correspondant mieux à ses goûts et à ses qualités. Là encore il fallut céder.

Je passerai sur les années d'études qui s'ensuivirent, pour en venir à une série d'événements qui me paraît essentielle. J'essaierai à cette occasion de regrouper les détails les plus marquants de mon existence à l'époque ; mais je ne peux rien me promettre, étant moins que quiconque maître de ma mémoire, qui s'affirme de plus en plus en moi comme une puissance fantasque et résolument illogique. Il se pourra que certains faits, s'ils ne sont pas complètement évanouis de ce récit, n'y figurent pas à la place exigée par l'ordre chronologique. Aussi doit-on se souvenir que je n'ai pas entrepris la composition d'une œuvre littéraire à propos d'un personnage d'imagination, mais plutôt un travail d'autoanalyse ou d'autoscopie, conduite sur un sujet vivant, ou plutôt mourant, ce qui revient au même.

Ma fille, avançant en âge, devait un jour ou l'autre faire choix d'un garçon pour lier leurs deux vies. Je m'attendais à cette surprise, si j'ose ainsi dire. Mais j'espérais aussi, plus ou moins secrètement, qu'elle constituerait l'amorce d'une réconciliation entre elle et moi ou, pour parler plus justement – car il n'y avait jamais eu de brouille –, d'une conciliation, d'un accord. L'homme qui lui plairait ne manquerait pas de me ressembler, si peu que ce fût, ou à tout le moins au jeune père que j'avais été, et à vrai dire ce détour me paraissait salutaire, d'un personnage intermédiaire entre elle et moi, et dont la présence indiscutable, voulue par la nature, rendrait plus aisés les rapports entre des personnes que les liens du sang tenaient à distance plus qu'ils ne les unissaient. J'entendais, en ouvrant les portes, des conversations abruptement interrompues qui me faisaient sentir que la confrontation s'annonçait ; en réalité je me trompais, soit en prenant mes désirs ou mes appréhensions pour des réalités, soit que simplement le choix qu'elle-même devait faire se soit révélé plus difficile que je n'aurais cru. Je pressai alors les choses, par désir de les clarifier avant qu'il ne soit trop tard, en faisant valoir qu'une jeune fille ne pouvait se permettre d'hésiter trop longuement dans le choix d'un mari, dès lors qu'elle avait manifesté l'intention d'en choisir un. Je ressens pour la première fois, à l'écrire, ce qu'un tel principe peut avoir de mesquin et de vieillot : il semble interdire à la jeune fille de « vivre sa vie » et la pousser vers sa future famille, quelle qu'elle soit. Il n'en est rien ; j'aurais accepté qu'elle ne choisît pas, si elle n'avait pas clairement désiré le faire. Je maintiens n'être nullement choqué par l'attitude d'une jeune femme libre, type qui existe depuis longtemps dans les pays avancés d'Europe, dont j'avais connu moi-même des exemples très honorables dans ma jeunesse, remarquables même parfois par la force de caractère et la féminité dont elles faisaient preuve. Mais il n'entrait pas dans mes attributions d'aider ma fille à devenir une personne de ce genre, par définition : sa liberté, si j'en avais été l'inspirateur, n'aurait été qu'une soumission plus insupportable. Un jour de retour de vacances, pourtant, l'annonce me fut faite :

j'aurais à recevoir un jeune homme en sa qualité de prétendant. Ce qu'on m'annonça de lui était plutôt encourageant, puisque sa famille était originaire de la même région que moi, et qu'on m'assurait qu'il se montrait fort attaché au respect et au maintien des coutumes et de la tradition. En même temps, je ne pouvais pas m'empêcher de penser, de façon en quelque sorte prémonitoire, que ces qualités tout extérieures, tant que leur sincérité ne se serait pas avérée, risquaient de masquer des défauts plus essentiels sur lesquels on craignait mon jugement. Et en effet le candidat n'en manquait pas. Outre son âge, que visiblement il déguisait, sans d'ailleurs beaucoup se soucier de vraisemblance historique, et comme s'il nous eût pris pour des simples d'esprit pour qui tous les événements se situaient dans un passé sans avant ni après, son caractère était empreint d'une fausseté qui ne cessait d'éclater, principalement dans les démonstrations bruyantes et enjouées d'affection qu'il prodiguait à ma fille, nullement gêné par notre présence, mû bien au contraire par un désir presque avoué de nous plaire en nous démontrant qu'il s'agissait bien là d'une affaire d'amour. Je crois que l'amour, si et quand il existe, est une chose qui désire se cacher de ceux à qui il n'est pas adressé ; il peut être surpris, mais il est rare qu'il s'exhibe. Ces vérités n'étaient pas bonnes à dire à ma fille, qui devait intérieurement se sentir humiliée de la comédie peu ragoûtante qu'elle nous obligeait à contempler. Cependant chaque heure que nous consentions à passer dans l'atmosphère de bonne humeur factice qui nous était imposée par notre hôte, ou dans l'ambiance familiale à laquelle il prétendait se plaire, rapprochait de nous, jusqu'à le rendre inévitable, un destin qu'il ne nous servirait à rien ensuite de regretter. Dans une autre situation j'aurais peut-être, et même sans doute, trouvé ce jeune homme sympathique, en particulier si j'avais pu croire que son insouciance n'était pas fondée sur l'espoir de me voir assumer le souci de son entretien ; car j'en étais là de mes soupçons. Je me souviens d'une promenade en voiture que nous fîmes tous les cinq dans la campagne environnante. Ma voiture était petite ; nous étions plutôt entassés. C'était l'automne, la saison que je préfère à toutes, non pas pour sa tristesse, qui m'échappe, mais pour l'infinie richesse de coloris que la végétation présente alors. Ce langage infiniment subtil que les arbres tiennent aux hommes, je le comprends ou crois le comprendre, et ne me soucie pas d'exposer ici ou ailleurs le détail de ces dialogues silencieux, qui remuent peut-être pourtant ce qu'il y a de plus vivant en moi : car c'est l'individu seul qui y est concerné, dans la partie de lui-même qui n'a pas besoin de communication avec les semblables, mais se réjouit à la fois d'être, et de voir la création, et comme le bonheur du Créateur.

Je suis depuis toujours un conducteur sans doute appliqué, mais médiocre. J'ai appris à conduire trop rapidement, avant la guerre, mais n'ai eu qu'assez récemment l'occasion d'utiliser une voiture. Trop d'années s'étaient écoulées entre-temps pour que j'aie gardé le goût de conduire qui, je suppose, doit être la première qualité du bon automobiliste. Ma circonspection, augmentant avec les années et l'affaiblissement de mes énergies, provoquait souvent l'impatience de mes passagers, lesquels se mêlaient d'autant plus de me donner des directives qu'ils n'en étaient pas empêchés par le souci continu de la direction effective de la voiture. Je ne vais pas entreprendre, bien que le sujet ait fini par me tenir à cœur à force de disputes avec mes proches, d'exposer une théorie philosophique de la conduite automobile. Ce serait aussi banal, apparemment, que de discourir du vice du fumeur, comme on le fait dans la boutique des coiffeurs. Qu'il suffise de dire que ma femme et ma fille avaient insisté pour que je laisse le volant à l'invité, conducteur émérite, à les en croire, et qui se proposait lui-même pour m'éviter la fatigue de la conduite. J'avais refusé avec une obstination dont je me demande si elles la comprirent, et qui en tout cas relevait moins de l'entêtement puéril de qui refuse d'admettre ses insuffisances, que de la volonté que j'avais de montrer à tous que je gardais, si j'ose dire, les choses en main. Ainsi souvent nos actes sont-ils comme l'illustration métaphorique de nos pensées. L'après-midi se passa dans un mélange de gêne pour les autres et de ravissement pour moi, si l'on peut résumer les choses aussi grossièrement, car bien sûr ce que nous ne nous disions pas était trop lourd pour ne pas occuper tous les esprits, à la fois et successivement, de sorte que les sentiments des uns, perçus à la dérobée par les autres, venaient les contaminer peu ou prou. Nous revînmes un peu trop tard, trompés par la luminosité de cette belle journée, si bien qu'au moment où la route se mit à descendre vers la ville dans la dernière partie du trajet, abandonnant la clarté qui régnait encore sur la colline, je me rendis compte que le soir était déjà tombé. Les voitures, plus nombreuses maintenant, et dans les deux sens, avaient allumé leurs phares, et je dus en faire autant. Mais si je les laissais en position « code », ils n'éclairaient pas assez loin pour compenser l'éblouissement causé par ceux des véhicules venant en sens inverse. Ces lumières vives rejetaient dans l'obscurité le reste de la route, qu'il y a quelques instants encore j'avais l'impression de voir si distinctement. L'impression, ou l'illusion, car à présent je ne voyais plus rien, sauf ces sortes de grosses étoiles qui venaient à ma rencontre, ou fondaient sur moi dans le rétroviseur que je n'osais plus regarder, si bien que je pris peur en me rendant compte du danger que je nous faisais courir depuis sans doute assez longtemps, croyant par habitude distinguer des obstacles et des détails alors que je n'avais fait que maintenir ma voiture sur la luminosité grise de la chaussée. Je voulus hausser mes phares à la position supérieure, mais ne fis que provoquer les protestations chargées de haine des conducteurs antagonistes, qui ne toléreraient pas la moindre violation de leur droit de conduire sans être éblouis. Me sentant peu sûr de moi, ma femme et ma fille me prodiguaient les conseils et, me signalant sur les côtés des objets lumineux ou sombres que j'avais parfaitement vus, finissaient par me faire croire que je ne voyais en effet qu'une petite partie du spectacle, en même temps qu'elles augmentaient leur propre frayeur.

Dans les moments de ce genre, où tout se précipite, on voudrait pouvoir arrêter ou du moins ralentir le cours des événements pour avoir le temps de les envisager individuellement avec l'attention qu'ils méritent. Mais bien sûr ils ne méritent cette attention scrupuleuse que parce qu'ils sont précipités et que leurs significations, faibles en elles-mêmes, s'entrecroisent et se recoupent, se masquent mutuellement. Assis à présent à côté de l'invité, qui conduisait, un sourire aux lèvres, je le regardais manœuvrer, avec une curiosité humble qui avait presque fait disparaître la méfiance. Les coups d'œil rapides qu'il jetait dans le rétroviseur, avant de ramener son visage dans une position détendue de spectateur, face à la route, me semblaient doués d'une inaccessible sagacité ; en même temps que mon bon sens reprenait le dessus, après cet affolement passager, pour m'aider à comprendre que son attitude n'avait rien que de normal, ne dénotait aucun don extraordinaire, rien que l'exercice régulier de la vision binoculaire. C'était en moi, dans ma vision, que venait de se révéler une anomalie irréversible dont je commençais seulement à entrevoir l'étendue, avec d'autant plus de difficultés qu'il semblait que la perception, en même temps qu'elle s'était obscurcie au niveau de mes yeux, avait également perdu de sa puissance dans mon intelligence, comme si le rôle de la vision dans l'intelligence la plus abstraite ne m'apparaissait, confusément, que dans cet obscurcissement même. Alors que jusqu'à présent les spectacles que j'avais eus devant les yeux, de quelque nature qu'ils fussent, avaient été immédiatement assimilables par moi, qui n'avais eu qu'à maintenir les yeux ouverts pour que la lumière me donne gracieusement tout ce qui était à la portée de mon regard, désormais je sentais que chacun des éléments du tableau demandait à être interprété avant d'être reçu, faute de quoi l'équilibre, la cohérence et même l'existence des détails contigus et, pour finir, de l'ensemble, étaient remis en question. Si bien qu'il suffisait qu'un détail fût mal interprété (une borne qui ressemblait à un homme, un feu rouge à l'arrière d'une voiture pris pour le sémaphore d'un croisement), pour que m'abandonne ma confiance dans ma capacité d'interpréter les autres, et qu'en effet je ne voie quasiment plus rien qu'un ensemble confus, sans relief, de lumières et de couleurs qui se fondaient les unes dans les autres. Pour comble de malheur, je n'avais pas la ressource de me dire que cet accès n'était qu'un accident destiné à rester isolé, explicable peut-être par une faiblesse passagère ou par la tension nerveuse de cette journée importante à d'autres égards. En effet, je ne pouvais pas ne pas reconnaître dans cette déficience nouvelle l'amplification et comme la dramatisation de symptômes que j'avais connus auparavant, mais sans savoir, faute de pouvoir comparer ce que je ressentais avec ce que ressentait autrui, si ces symptômes étaient plus que des illusions temporaires, et en tout cas quel mal ils auguraient. Une sorte d'infirmité visuelle finalement assez ancienne m'empêchait d'évaluer avec justesse le relief des scènes que je voyais dans un miroir, et si par exemple j'y regardais la pièce à laquelle je tournais le dos, il me fallait un grand effort de volonté pour reconnaître rétrospectivement celle que je venais de voir en vision directe et, pour remettre « en place » (mais quelle place était la bonne ?) les directions de l'espace, en particulier la droite et la gauche, comme si, d'avoir été une fois renversées dans le miroir, elles avaient perdu pour toujours cette qualité essentielle, intangible comme l'Est et l'Ouest pour un point donné de la Terre. Ma droite, c'est pour moi, presque depuis toujours, la main dont je n'ai pas envie de me servir, c'est ainsi que je l'identifie à chaque fois après un imperceptible temps d'hésitation. Je ne sais si j'ai déjà mentionné ici que je suis gaucher, en tout cas depuis que je suis en France, car il me semble qu'auparavant j'avais accepté la contrainte d'écrire et de tenir le couteau de la main droite. Je livre ce dernier détail pour ce qu'il vaut, tout en sachant trop bien ce qu'en feraient les psychanalystes que mon fils admire tant. Je pense avoir assez expliqué pourquoi ce n'est ni ma méthode ni mon propos de procéder ainsi.

Il serait certes séduisant de construire une étiologie purement psychologique de l'affection qui devait progressivement réduire ma vision à bien peu de chose, un souvenir, une rage impuissante. D'un côté, en disant que le gaucher réprimé que j'avais été dans mon enfance, sous la férule de mon père et de mes maîtres, et qui avait conquis ensuite avec l'exil la libération illusoire consistant à se laisser aller à son inversion en quelque sorte native, aspirait à l'occasion de ces événements dramatiques à retrouver la contrainte bénie qu'il associait au bonheur perdu de son enfance (que ces systèmes explicatifs sont laborieux et peu convaincants !). Parlant d'inversion, je suis amené à penser à celle qui constitue la technique essentielle de l'appareil oculaire, à ce croisement des nerfs optiques qui permet la vision en relief, et donne au spectacle du monde sa profondeur et son intérêt : n'était-il pas frappant de trouver en moi associées, d'une façon relativement logique, l'aventure d'un gaucher réprimé et la perte progressive du sens du relief ? D'un autre côté, ne pouvait-on pas donner à l'épisode de la voiture (ou à celui du miroir, et en général à la rétrovision) une portée symbolique ? Je m'y affirmais, semblait-il, comme particulièrement réticent à considérer ce qui était derrière moi, autant dire mon passé, la route déjà envisagée, parcourue et dépassée.

Et certes, si je chéris le souvenir de mon enfance, y compris ce qui en elle m'échappe depuis toujours, c'est surtout pour y avoir définitivement renoncé par un acte de volonté, avoir fait une croix sur elle, et n'avoir jamais permis à mon pessimisme de se transformer en regret. Même après la fin de la guerre, au moment où l'agression mortelle qu'avait subie l'univers de mon enfance aurait pu incliner mon esprit à la déploration et à la mélancolie, j'avais toujours jugé nécessaire de me redéfinir, y compris dans mon originalité d'individu, par rapport aux données actuelles et aux hommes présents.

Outre que de telles constructions sont excitantes pour l'esprit dont elles sollicitent l'ingéniosité (d'autant plus, dans mon cas, que j'avais plus besoin de me rassurer sur l'intégrité de mes fonctions intellectuelles), elles ont l'avantage de suggérer que chaque homme, et moi, en particulier, est l'artisan principal de son destin – je devrais dire de son malheur. On voit ce que de pareilles rêveries, poussées à leurs dernières conséquences, comporteraient d'absurdité, puisque même si elles expliquaient pourquoi tel sujet a présenté un terrain plus favorable que tel autre à l'accident ou à la maladie dont il est question, il n'empêche que l'affection étant une fois déclarée (assez, en tout cas, pour inquiéter le patient lui-même sinon ses proches ou ses médecins), il importe avant tout de la soigner, elle et non les circonstances qui l'ont rendue possible, et qui sont devenues désormais très secondaires. Or la présomption de l'esprit humain est telle – je pense en disant cela autant à mon fils, emporté par sa fougue, qu'à certains des médecins auxquels je me suis adressé –, surtout lorsqu'elle s'accompagne d'ignorance, et donc du désir de faire illusion, qu'il n'hésite pas à sauter de la satisfaction d'avoir brillamment traité la partie « étiologie » du sujet à la conviction forcenée d'avoir du même coup en main le diagnostic, le pronostic et bien sûr la thérapeutique : laissez parler le sujet, il fera le reste. Ah ! qu'avec plaisir j'aurais obéi à cette injonction, si elle m'avait permis de refaire à l'envers, non pas en paroles, mais réellement, magiquement, le long chemin que j'avais derrière moi ! Le malheur et la déchéance qui m'accablent en ce moment sont tels que je n'hésiterais pas à défaire ainsi le tissu de ma vie, destiné de toute façon à la pourriture prochaine, pour retourner au néant plutôt dans l'innocence du sommeil enfantin que dans l'inquiétude d'une vieillesse décrépite. Je n'entends pas ici me plaindre, et dois demander pardon au lecteur imaginaire, auquel je me plais quelquefois à penser, pour la phrase qui précède. Elle voulait seulement exprimer mon indignation vis-à-vis d'une discipline qui fonde son succès sur les espoirs immenses qu'elle soulève sans pouvoir les satisfaire, sinon en procurant aux convertis un illusoire sentiment de puissance.

Ce mariage ne se fit pas. La révélation que j'avais eue dans la voiture avait été si soudaine et si bouleversante, si irréfutable aussi, en ce qu'elle m'enseignait qu'une partie au moins de mon cerveau était condamnée au dysfonctionnement, que je ne voulus pas faire partager ma conviction aux miens, les laissant libres de penser, comme ils ne se firent pas faute de le faire, qu'il y avait eu de ma part maladresse, crispation, ou incompétence pure et simple. L'ophtalmologue que je consultais régulièrement me fit changer de lunettes ; mon insistance à décrire dans le détail mes bizarres symptômes, si délicats et si fuyants, lui paraissait visiblement suspecte, et comme une injure à nos bonnes relations de confrères, comme si je mettais en doute – je le faisais effectivement en moi-même – sa compétence de spécialiste, qui ne décelait en moi qu'un banal affaiblissement de la vision, à mettre en rapport avec une vague sénescence. Il me fallait vivre avec mon affection anonyme, en attendant le pire.

Il faut dire aussi que le trouble de ma vision me faisait passer peu à peu dans un monde irréel, qui n'appartenait qu'à moi, et dans lequel j'aurais eu plaisir à me mouvoir avec la lenteur nécessaire si la vie m'en avait laissé le loisir. Je me souviens d'une banale promenade dans les rues un après-midi de semaine, alors que j'avais emprunté avec mon fils adolescent un itinéraire mille fois pratiqué. Le soleil assez haut jouait à travers les branches des platanes le long des rues, au point de m'aveugler par instants lorsque son éclat succédait à un passage dans l'ombre mouvante des feuilles ; il me fallait alors quelque temps pour me réhabituer à la lumière, et redonner son sens au spectacle. C'est à un de ces moments que j'aperçus sur le trottoir d'en face une inscription publicitaire tout à fait insolite :

АПТЕКА

L'illusion ne dura qu'un instant ; mais je la prolongeai, avec le plaisir qu'elle m'avait donné, en la détaillant pour mon fils. J'avais cru lire l'inscription qui surmontait la petite pharmacie de mon village, ce mot d'origine allemande *(Apotheke)*, lui-même d'ailleurs d'origine grecque, je crois, que le russe avait adopté et transcrit dans ses propres caractères, pour en faire, en le déformant un peu il est vrai, un terme de la langue la plus courante. Mais cette illusion ne m'avait pas renvoyé à un village réel de mon enfance, plutôt à une représentation idéale de ce qu'il avait pu être et dont l'image fidèle m'avait quitté depuis longtemps ; plutôt à un tableau un peu naïf comme ceux de Chagall, dans lequel, sur une palissade de guingois, est barbouillée maladroitement une inscription en russe ou en hébreu – quelquefois le nom même du peintre –, comme s'il nous invitait à lire dans cette composition, chargée d'allusions à un passé sans consistance, l'essentiel de son être. Le passé revenait ? Non, le passé était là pour qui saurait, grâce à une anomalie bienvenue de la vision, gratter l'inscription présente pour redécouvrir la sous-jacente. En réalité, il s'agissait, au-dessus d'un magasin de lingerie, ou peut-être de la boutique d'un orthopédiste, du mot :

INTEXA

c'est-à-dire d'une marque assez connue de vêtements indémaillables, dont le nom habilement choisi suggérait la texture indestructible. Je – ou plutôt le lecteur en moi – n'avais eu qu'à surimprimer sur le IN un АП (AP, en lettres latines) postiche pour obtenir le mot du passé. La confusion s'expliquait alors par la ressemblance des deux finales, les lettres capitales qui la constituaient existant à la fois en français et en russe. La nature même de ce postiche si bien trouvé laissait penser en outre que j'avais voulu reconstituer mon propre nom, puisqu'il s'agissait de ses deux premières lettres. Si je poursuis, pourquoi ne pas sentir aussi, en même temps que mon désir de découvrir un passé enfoui, la tentation pudique de recouvrir ce qui ne doit pas être montré, en l'occurrence les sous-vêtements qu'exhibait la vitrine du magasin ? Je n'aurais pas de mal alors à retrouver la parenté profonde de l'orthopédiste et du pharmacien, ces deux auxiliaires d'Esculape, distribuant à un public ébahi les produits et les objets qui pallieront les déficiences de la nature. Et aussi, si je laisse ma rêverie s'enfoncer dans ces profondeurs qui l'aspirent (mais je ne le fis pas sur le moment), je vais vers ОПТ (l'optique, l'opticien), qui peut d'autant mieux se confondre avec АПТ que leur prononciation en russe serait la même, une sorte de son intermédiaire entre le a et le o, précisément. Or, ce pays de la mémoire où les diverses langues que j'avais pratiquées en étaient à se parler, et dont l'importance devenait telle qu'il imposait ses vues à ma vision, compromettant ainsi gravement mon existence, que lui était-il arrivé pour qu'il manifeste cette exubérance inaccoutumée ? Jamais je n'avais senti si fortement combien il est en nous une puissance obstinée, acharnée à donner les significations qui lui plaisent aux événements qui lui échappent, prête même à en assumer la responsabilité pour peu qu'on lui donne la parole ou qu'on lui prête la sienne propre. Et je la sentais donc disposée à se dire l'auteur de la dégénérescence de ma vision, sur laquelle j'aurais pu croire qu'elle faisait en effet pression si je n'avais pas su qu'une détérioration somatique devait être première. Mais le savais-je vraiment ? J'ai déjà exposé mes idées sur la question.

Est-ce parce que j'ai été amené au cours de ma vie à écrire et à parler plusieurs langues ? Ou à cause d'une vénération atavique pour « les lettres », leur valeur à la fois symbolique et magique (les lettres hébraïques ayant chacune une valeur numérique, les mots deviennent des nombres, des messages codés) ? Parce que j'avais fait partie d'une génération exaltée par le grand rêve, aujourd'hui réalisé, d'une renaissance de la langue hébraïque adaptée au monde moderne ? En tout cas les lettres, cyrilliques, latines, ou hébraïques étaient pour moi partout, soit que mes yeux s'attachent à les déchiffrer dans les endroits les plus insolites (une affiche dans la rue, un fragment de journal, la forme d'un arbre ou d'un visage), soit que mes doigts, perpétuellement remués en un geste machinal qui ne m'échappe pas totalement, s'amusent à les tracer dans le vide ou sur un autre doigt (l'index sur le pouce, et réciproquement, simultanément), dans un effort insensé, si puéril, pour inscrire les paroles entendues en même temps qu'elles sont prononcées ; un peu comme on voit certaines personnes pianoter sur un bout de table en écoutant un morceau de musique, alors qu'on les sait tout à fait incapables de jouer d'un quelconque instrument et qu'il ne s'agit pas non plus pour elles de suivre simplement un rythme, mais bien, par des mouvements non symétriques des doigts, d'accompagner et de mimer tous les méandres de la mélodie. À certains moments (comme en celui-ci, où je laisse se succéder ces phrases), j'ai éprouvé la nostalgie des sensations « vraies », ou plutôt d'une vie qui leur fût étroitement dédiée, car j'ai senti combien mon amour des inscriptions traduisait une impuissance à saisir les choses du monde naturel, qui ne sont jamais pleinement détachées, articulées, lisibles, mais au contraire, étant capables de flou, de surimpression, d'illusion, loin de se présenter avec un seul sens par rapport auquel nous pourrions nous orienter, nous invitent à nous fondre en elles, et à retrouver par là même toutes les dimensions de notre existence.

Or, au moment précis où en lisant comme АПТЕКА l'inscription INTEXA, je semblais découvrir une dimension supplémentaire du spectacle du monde, ne fallait-il pas que ce soit au prix d'une grave déchéance physique ! On dit et on pense souvent qu'il faut tomber aveugle pour apprécier le trésor d'une bonne paire d'yeux ; pour moi, je ne m'apercevais que par la détérioration de ma vision, et par les avenues paradoxales qu'elle m'ouvrait, de tout ce que j'avais manqué pendant toutes les années où mes yeux, ne refusant pas leurs services, avaient semblé coïncider avec ma conscience et avec moi-même, pures fenêtres sur le monde ! Je craignis vite que le désastre ne fût irrémédiable ; il l'était, et devait même s'accentuer jusqu'à me conduire au bord d'une semi-cécité, état dans lequel je suis aujourd'hui, mais qui s'est prolongé et accompagné de tant d'autres maux, dont j'aurai à parler, que je finis par considérer cette catastrophe qui fut la première, l'annonciatrice, comme un simple détail du tableau de mon malheur.

Dès que je sortais de l'appartement, je me trouvais dans la cage de l'escalier comme dans un aquarium, glauque et liquide, auquel mes yeux ne parvenaient pas à s'habituer. L'endroit m'avait toujours paru sombre, même avec le secours d'une avare lampe à minuterie ; s'y ajoutait, depuis toujours, la menace des tringles destinées à fixer le tapis sous le rebord des marches, et qui, mal attachées, venaient rouler sous le pied. Désormais la peur de tomber dans l'escalier devenait l'essentiel. Je ne pouvais plus descendre les marches en me fiant aux mécanismes de mon corps, lequel, atteint en son noyau de certitude et de stabilité, devait mobiliser toutes ses énergies, en y associant les ressources de la conscience et de la volonté, pour accomplir cet exploit minime. Angoissé et comme obnubilé par le maintien de mon équilibre, je réduisais le spectacle mal éclairé à ses traits essentiels, à l'exclusion de tout autre, si bien qu'il m'arrivait de plus en plus fréquemment de ne pas reconnaître les locataires de notre immeuble, lorsque je les croisais. En d'autres termes, je n'aurais pu consentir à jeter sur le monde un regard acéré et vigilant que si m'avait été assurée une impossible tranquillité d'esprit et de corps. Aussi sentais-je, au cours même de cette descente périlleuse, que la vie ne pouvait plus m'apporter désormais qu'une aggravation de mon mal ; car tous les efforts que j'étais obligé de faire pour accomplir convenablement un acte si dérisoire – et il y en avait de bien plus difficiles, véritables tours de force –, exigeant de moi une dépense et une perte d'énergie sans qu'aucun gain définitif vienne compenser l'effort, exerçaient en moi une action de destruction gagnant de proche en proche. Non seulement la prochaine descente dans l'escalier serait aussi difficile que la présente, sinon plus, mais la traversée d'une rue serait à son tour marquée du même coefficient d'angoisse et d'incertitude, jusqu'à ce que tous mes actes s'émiettent pour me paralyser. Il semblait qu'une certaine plasticité de mon être se fût perdue, celle qui permettait à l'acte une fois accompli de laisser une trace dans le corps telle que sa réédition, outre qu'elle pouvait évoquer un souvenir conscient, ou plusieurs, tendait vers l'automatisme, laissant en quelque sorte les mains libres à la conscience.

Mes mains caressaient les murs sans y trouver la verticalité, suivaient la rampe de bois dont les contours lui paraissaient insolites, les muscles de mes cuisses et de mes mollets s'étonnant à chaque marche d'une dénivellation originale. Pour un peu, c'est-à-dire s'il s'était trouvé un confident assez intime pour recevoir des confidences si déraisonnables que j'osais à peine me les communiquer à moi-même, j'aurais pensé que mes sensations, loin de perdre leur acuité, en avaient gagné au contraire, si bien que je devenais maladivement sensible à des inégalités de construction de l'escalier, ou de constitution du monde, qui échappaient à la majorité des heureux mortels. N'étais-je pas, pour des raisons mystérieuses, devenu secrètement accordé à une harmonie si parfaite qu'elle ne pouvait pas exister en ce monde, où le fil à plomb du maçon, la règle à calcul de l'architecte n'en donnaient que des approximations ? Mais même cette rêverie ne pouvait se soutenir : je pressentais que la seule façon de rendre hommage à cette harmonie, à cette sympathie muette de moi envers le monde, aurait été de me figer dans le repos absolu, vers lequel il est vrai que tout semblait me conduire.

Je descendais toujours ; le temps lui aussi avait perdu son ossature habituelle. Il se montrait à présent capable de contenir dans un laps réduit des multitudes de pensées, dont aucune il est vrai ne semblait solidement accrochée à la précédente. Comme en suspension dans un milieu liquide, elles se laissaient ballotter par le moindre remous de mes sentiments ; tantôt la rancune l'emportait et leur imprimait son mouvement furieux et tourbillonnant ; et tantôt c'était la lassitude qui les faisait s'étaler et grossir jusqu'à devenir incompréhensibles, inexprimables. Ou bien la crainte d'être vu dans l'escalier dans toute ma déchéance les faisait s'enfuir et disparaître, me laissant le cerveau vide et noir si je rencontrais quelqu'un.

Je sortais enfin dans la rue ; l'espace libre me soulageait un peu, dans lequel je n'étais pas obligé de calculer de façon si minutieuse. Sur les vastes trottoirs, entre l'alignement des platanes et des marronniers et les divers obstacles des magasins ou des terrasses de cafés, je pouvais assez librement me diriger. On mettrait sur le compte de la distraction ou de la bizarrerie que je ne salue pas telle ou telle connaissance que je n'avais pas identifiée. Bien sûr, un obstacle insolite et peu visible pouvait toujours s'interposer ; mais je me sentais l'esprit assez dégagé pour ne pas en avoir peur. Et ces promenades à pas lents, sur un itinéraire invariable, étaient une sorte de bain de jouvence, avec l'odeur piquante des gaz d'échappement des voitures, la chanson toujours variée de leurs moteurs ; avec les odeurs surprenantes ou raffinées qui pouvaient sortir par bouffées de la boutique d'un fleuriste, de celle d'un confiseur ou d'un pâtissier, d'un crottin de cheval répandu sur la chaussée. Puis, parvenu au Parc, les essences des arbres, le silence baigné de lumière de la rivière, le crissement du gravier ; ou bien, en hiver, le silence immaculé sur lequel les bruits de la ville venaient s'inscrire avec netteté. Les longues allées étaient pour mon esprit inquiet la promesse d'une déambulation presque machinale, dans laquelle je me guidais en suivant du coin de l'œil, avec confiance, le liséré vert des plates-bandes. Isolé dans le calme reposant du Parc, je reprenais contact avec un monde où n'existait pas de déchéance, seulement le passage incessant et irresponsable de la vie à la mort et de la mort à la vie : la souffrance ne s'y concentrait jamais sur un individu pour l'isoler ou l'expulser de son milieu, mais au contraire pour le préparer à mieux se fondre en lui ; de même la gaieté du chant d'un oiseau, fût-il le seul à chanter, n'y avait jamais rien de choquant pour moi : sa joie était toute pénétrée de tristesse.

Je ne voudrais pas que ce lyrisme tardif donnât à croire que je préconise une sorte de retour à la nature par lequel l'homme retrouverait miraculeusement une part enfouie de lui-même. Bien sûr, elle procure toujours un apaisement ; mais l'homme est irrémédiablement coupé d'elle, par son intelligence dont aucun équivalent sensible ne se trouve dans la nature, et il ferait mieux de s'y résigner. Les formes de la nature vivante, et de notre corps même, observé dans sa texture fine, rappellent à l'esprit humain certaines de ses figures de prédilection ; et les plus importantes de nos passions, de la douleur à l'exaltation, agitent aussi l'ensemble de la création. Mais la conscience aiguë et indestructible que chaque homme a de son individualité et de son originalité, qu'il est condamné à affirmer aux dépens de celles des autres, nous met à part ; et si nous pouvons retrouver le « naturel », ce sera par le détour des arts et des techniques, lorsque, réalisant l'essentiellement humain, ils établissent du même coup une communication qui franchit les barrières des individus. La musique populaire, en particulier celle de nos pays, représente une telle réussite :

non parce qu'une hypothétique « âme collective » s'y exprime ; mais parce qu'elle mêle toujours intimement la profonde détresse à la joie la plus aérienne, et nous restitue ainsi l'insignifiance native de notre condition. Les mélodies hassidiques sont selon moi la musique par excellence. En premier lieu, c'est la ligne mélodique elle-même, assez simple mais d'une originalité profonde, et qui agit comme un signal disant : « attention ! nous venons t'arracher à ton présent pour te conduire au pays qui t'est promis » ; et le thème est repris à satiété, invitant à la danse, et à détacher les liens. Puis le timbre des instruments joue aussi son rôle, exprimant la dissonance, la bizarrerie, l'alliance intime du sordide et du sublime, du triste et du gai, du violon et de l'accordéon. Le rythme invite à oublier les vicissitudes du présent pour se projeter dans l'éternelle bande de feu qui joint le passé à l'avenir, aussi longtemps que les poumons et les membres peuvent le soutenir. Le corps n'est plus alors une carcasse que traîne l'esprit, mais un combustible pour le feu de joie, on l'arrose de vin et d'alcool, on le fête par les lumières et le bruit, en s'accroupissant et en sautant, ou du moins en frappant dans ses mains et en dansant. C'est une des rares philosophies que je connaisse qui n'ait pas besoin de mots, et qui soit en même temps si loin de la sauvagerie.

Mais ma vie n'était pas faite que de promenades au cours desquelles je pouvais me laisser aller au calme, et à l'innocence de mon trouble. Je devais continuer mon activité professionnelle, sans pouvoir en ralentir le rythme ; car je sentais bien que si un praticien de renom pouvait se permettre de réduire volontairement sa clientèle, ce qui ne ferait que rendre ses soins encore plus recherchés, tout refus de ma part serait dans mon cas interprété comme l'aveu d'une baisse de mes capacités, et entraînerait rapidement l'effondrement de mon cabinet, seul capital financier et moral dont je pouvais un jour disposer. On sait de quoi est faite la vie sociale des petites villes, et j'étais plus que quiconque surveillé, étant un étranger. Je continuais donc à soigner : mais, au milieu d'une intervention un peu longue, il suffisait que je quitte un instant des yeux la bouche de mon patient – par exemple pour chercher un instrument sur la tablette à côté de moi – pour que tous les détails du champ opératoire se brouillent à mes yeux. Encore cette description est-elle très insuffisante, puisqu'elle suggère que mon acuité visuelle elle-même était en cause. Or, si elle venait à l'être, ce n'était que secondairement. Il faudrait dire plutôt qu'un spectacle qui quelques instants auparavant se reflétait dans mon esprit avec l'ensemble de ses caractéristiques (positions relatives des dents, profondeur et angles des cavités, souvenir d'interventions précédentes et de tout le dossier de cette bouche, tout cela autonome et comme abstrait des sensations enregistrées au moment même, au contact de cette présence vivante : haleine, couleur des muqueuses, gêne que peut causer la proximité d'un visage étranger), ce spectacle se trouvait à présent baigné par un brouillard d'indétermination attaquant à la fois l'organisation relative de ses détails, et sa signification clinique. Je devais donc m'interrompre pour observer à neuf, entrant dans un cycle infernal de vérifications dont aucune n'était définitive, puisque arrivé à la dernière je devais aussitôt me réassurer des premières, un peu comme lorsqu'on lit un mot écrit dans une langue dont on ne connaît pas bien les caractères : pour peu qu'il soit long, il ne peut nous apparaître globalement, mais c'est à notre esprit, mobilisant sa mémoire pour lui faire acquérir de nouveaux automatismes, de rendre tous les caractères du mot contemporains les uns des autres, de se refaire du mot, à usage interne, une image à la fois fidèle, complexe et parfaitement lisible. Puis la fatigue jouait ; et il ne devint pas rare que j'eusse à interrompre prématurément des séances de soins où je n'accomplissais rien, après avoir bâclé une obturation qui empêcherait au moins le patient de payer les frais de mon impuissance, et pourrait la masquer encore quelque temps.

Ma mémoire elle-même, loin de pouvoir se prêter agilement à toutes les demandes nouvelles que je lui adressais, dans la réadaptation que je tentais d'opposer comme une digue à la montée de l'apraxie, commençait à me faire défaut pour l'essentiel. Et ceci se passait suivant deux processus inverses. D'abord les détails auxquels je ne m'étais jamais vraiment intéressé, les considérant à la fois comme triviaux et comme allant de soi (et ceci allait jusqu'aux connaissances fondamentales, sens des mots, opérations arithmétiques élémentaires), disparaissaient de mon cerveau ou plutôt cessaient d'aller de soi et demandaient eux aussi, pour réapparaître à ma conscience, une recherche particulière (mais je dois dire, pour faire ressortir le côté atroce de cette évolution, que cette recherche était par nature interminable et illusoire, et que je ne pouvais lui échapper que par la ruse : car c'était comme si chaque connaissance demandait, pour consentir à se présenter devant moi, que je l'appelle par son nom, et même par le nom intime que j'étais convenu de lui donner dans le langage sans paroles qu'un cerveau emploie pour se servir de lui-même. Or, je ne pouvais bien évidemment retrouver ce nom de code, clé du souvenir, puisque je l'avais jusqu'alors employé sans le connaître, et n'avais donc pu l'apprendre). Deuxièmement, au contraire, les notions qui me tourmentaient le plus au fil des jours disparaissaient dans cette obscurité centrale que transportait avec lui mon regard (ou mon attention) lorsqu'il se déplaçait. Ainsi ces phrases que l'on prépare et que l'on répète presque malgré soi lorsqu'on s'apprête à rencontrer quelqu'un (et que l'on est bien sûr souvent amené à modifier dans le feu de la rencontre réelle), il ne m'en restait le moment venu que les bribes les moins utilisables, un adverbe, un détail matériel dont l'importance s'était évanouie ; et, rendu stupide par cet effondrement de tout un pan de moi-même, je n'avais même pas la présence d'esprit de recourir, pour gagner du temps, aux formules neutres et traînantes qui sont le pain quotidien des orateurs. En revanche d'autres détails, de peu de valeur dans la vie courante bien que très significatifs pour ma conscience intime, résistaient au raz de marée. Des mélodies, le texte entier de certaines prières, des citations qui m'étaient chères...

J'avais depuis toujours pris l'habitude – peut-être un pressentiment de la faiblesse aujourd'hui révélée – d'aider ma mémoire en confiant au papier tout ce à quoi j'attachais de l'importance. Il avait d'ailleurs suffi jusqu'alors que je note quoi que ce soit pour que cela se grave dans ma mémoire en même temps que je l'inscrivais sur le papier ; les pédagogues sont avertis de ce mécanisme et enseignent à leurs élèves à le mettre à profit. Ai-je déjà dit que j'avais poussé cette habitude jusqu'au travers en m'amusant (mais aurais-je su m'en empêcher ?) à noter sur le gras du pouce avec l'index certaines paroles que j'entendais ou que je prononçais, caricature d'inscription bien sûr, dactylographie au sens strict. Mais au moment où j'aurais le plus apprécié l'existence de ces aide-mémoire, voici que je devenais incapable de les lire. Mon écriture s'était dégradée avec les années, et ceci depuis assez longtemps ; le fait est trop coutumier aux médecins pour que je m'en sois jamais alarmé. Il suffisait que les pharmaciens, les employés de la Sécurité sociale et moi-même puissions me lire. Mais peu à peu cette écriture avec laquelle je traçais ma signature, et tous les documents par lesquels on assure son existence sociale (chèques, billets d'excuse pour les enfants à l'école, procurations), elle me devenait comme étrangère, je n'en reconnaissais que vaguement le tracé jadis consubstantiel à mon être, ou apparemment tel. Je n'avais plus en face de mes yeux des phrases formant un sens, mais des suites de signes mal tracés, mal alignés, se confondant les uns avec les autres. Je me plaignais depuis longtemps de la prolifération universelle de lettres « fantaisie », dans les inscriptions publicitaires, les titres des journaux, où je voyais que les typographes et les graphistes jouaient avec les formes traditionnelles, aux limites de la lisibilité. D'où sans doute mon erreur de lecture à propos d'INTEXA. Je sentais que par là peu à peu toute une partie des inscriptions en français m'étaient dérobées, en attendant que le reste suive. Ma propre écriture manuscrite (j'avais depuis longtemps renoncé à lire les autres, dont je confiais le déchiffrement à ma femme ou à mes enfants), qui n'avait jamais eu beaucoup de rapports avec les lettres qu'on apprend à former à l'école, me semblait à présent rédigée dans un alphabet que, comme pour les noms de code de la mémoire dont j'ai parlé plus haut, j'aurais connu autrefois sans le savoir, mais dont je ne pouvais plus aujourd'hui déchiffrer le rapport avec l'alphabet traditionnel, d'autant moins que j'ignorais s'il y en avait un constant et si je ne m'étais pas laissé aller, en écrivant dans un moment de distraction, à inclure dans une phrase sensée un gribouillis innommable et dépourvu de signification. Tout secours m'était donc refusé de ce côté-là, et je dus progressivement renoncer à écrire, ayant perdu en moi-même mon dernier et seul lecteur possible, sauf dans des moments d'urgence désespérée où j'avais la conviction qu'il valait mieux tenter de confier au papier, même sous une forme indéchiffrable, telle idée fulgurante, que de la laisser se perdre dans le désert de ma solitude grandissante. Un conte allemand, de Hoffmann je crois, relate l'histoire d'un vieux compositeur, inconnu, engagé dans la voie de la déchéance sociale, artistique et même familiale, et qui connaît l'émotion de sa vie lorsqu'un soir, appelé à l'Opéra en catastrophe pour remplacer lors d'une répétition un musicien défaillant, il a la surprise d'entendre jouer par l'orchestre, alors qu'il se hâte dans l'escalier pour le rejoindre, les premières mesures d'une œuvre qu'il croyait enfouie dans son tiroir, oubliée y compris de lui-même : et l'on apprend que sa fille, en cachette, l'avait découverte, retranscrite, et imposée. Cette histoire est belle.

Je suspendais donc mon mouvement, quand j'écrivais un mot, en plein milieu : avais-je déjà formé les trois pattes du *m* ? ou seulement deux ? Ici, encore, le doute sur mes capacités précédait l'expérience effective de leur détérioration. Pour faire bonne mesure, je rajoutais encore deux ou trois jambages, rendant ainsi le mot illisible sans doute. Le mal a fini par attaquer ma signature : aussi était-elle vulnérable. Je l'avais fixée depuis la fin de mes études, mais les quatre années d'Occupation pendant lesquelles j'avais dû ne pas l'utiliser lui avaient porté un coup fatal. C'était d'abord un tracé arrondi, comme une lunule, qui devait se lire « Docteur » (D majuscule) ; puis un quartier de lune en sens inverse, destiné à figurer le A initial de mon nom. Après ces deux mouvements essentiels, le reste suivait sans problèmes, selon un entraînement rapide dont ma main seule connaissait la durée et l'amplitude – que dis-je ma main ! plutôt l'esprit de mon poignet. Là non plus je n'étais pas présent.

J'avais lu et écrit, pendant ma vie, trois sortes de caractères. Dans l'ordre : hébraïques, cyrilliques, latins. Au russe j'avais renoncé depuis longtemps : que m'aurait servi de lire la *Pravda* ? Mais je n'avais pas renoncé, et bien m'en avait pris, à lire quotidiennement un journal yiddish de tendance socialiste publié à Paris et qui, rédigé par des gens d'une culture et d'un état d'esprit voisins des miens, donnait, outre un point de vue sur la politique générale qui m'était sympathique, des informations précieuses et précises sur la situation des juifs en Union soviétique. Lire le yiddish est le meilleur symbole de l'étrangeté radicale transportée dans le domaine de l'esprit ; puisque cela implique de déchiffrer une langue essentiellement germanique dans des caractères hébraïques. Mais cette étrangeté m'est si « naturelle », que lorsqu'il m'est arrivé de lire des mots yiddish transcrits en lettres latines j'ai toujours eu le sentiment d'une bizarrerie comique, d'un déracinement. Des témoignages remontant au XIIIe siècle font voir que les juifs allemands, refermés sur eux-mêmes, ont eu recours à leur écriture hébraïque lorsqu'ils ont voulu écrire la langue qu'ils parlaient. Beaucoup de gens parlent, ou parlaient le yiddish sans le lire ; ce sentiment leur serait peut-être étranger. On penserait que l'écriture hébraïque est mal adaptée à la notation d'un idiome germanique, puisqu'il faut passer d'un système dans lequel la place des voyelles est capitale (l'allemand) à un autre qui la considère comme facultative, ou historiquement tardive (l'hébreu). La lecture de l'hébreu implique donc déjà une familiarité telle avec la langue, qu'on puisse suppléer les voyelles dans la lecture intérieure qu'on se fait du texte, à la fois d'après la forme générale du mot, et d'après le contexte. Lorsqu'il s'agit de mots yiddish la familiarité doit être encore plus grande, ou plutôt double : une familiarité avec l'étrangeté qui doit permettre au lecteur de faire coïncider le vocalisme germanique avec certaines lettres hébraïques, le *aleph* servant à noter le *a*, le *'ayin* à noter *e*, etc., tandis que les mots proprement hébraïques gardent, par une sorte de statut spécial, leur orthographe d'origine. Or ce journal, pourtant mal imprimé et en dépit de la complexité que j'ai dite, il est de fait que je pouvais le lire assez aisément, alors même que la lecture d'un journal français mieux imprimé (mais en petits caractères : *Le Monde*) m'était devenue pénible. Je communiquai ce détail, entre autres, au neurologue à qui j'avais fini par m'adresser ; mais il voulut lui donner une importance disproportionnée, et je le décourageai de continuer sur ce terrain, voyant que dans son incapacité à comprendre, et d'abord à nommer, l'affection dont je souffrais, il était prêt à se raccrocher à tout ce que je pouvais lui livrer de déjà significatif pour l'adopter sans examen. Je voudrais ici raconter, pour autant que je me la rappelle, la première visite que je fis à ce neurologue ; sans doute ce récit différera-t-il sensiblement de celui qu'en pourrait faire, d'après ses notes et ses souvenirs, ce médecin lui-même ; mais si cet écrit que depuis longtemps, on l'aura compris, je n'écris plus moi-même, mais me contente de dicter – doit servir à quelque chose, ce sera précisément à saisir totalement, globalement, une réalité à plusieurs faces que l'appréhension quotidienne, celle du médecin comme celle du profane, manque à tout coup, puisqu'il s'agit de cette réalité sans substance qu'est la conscience du malade, la conscience malade. En disant ces mots, je suis frappé de leur hardiesse par rapport à ce que je croyais être des convictions solidement ancrées en moi sur les pouvoirs de la médecine, sur le regard clinique, scientifique, etc. Mais il ne m'appartient plus de juger s'il y a ou non contradiction.

Et si je suis malade, est-ce autre chose que le contrecoup d'une maladie autrement grave qui s'est abattue sur notre monde il y a déjà vingt ans ? En parlant de typographie déformée, je ne dois pas oublier les lettres gothiques remises en honneur par Hitler, leur dessin compliqué et menaçant, ni surtout ce monstre d'écriture : les lettres JUDE, brodées ou peintes sur les étoiles jaunes, ces lettres issues du gothique mais dont les contorsions haineuses, faussement médiévales, voulaient aussi évoquer les formes traditionnelles de nos lettres hébraïques. Le mariage dément que le nazisme faillit rendre indissoluble entre notre mort et sa puissance se marquait dans ces caractères ambigus : car d'une part ils évoquaient chez les peuples soumis le sentiment salubre de terreur vis-à-vis de la barbarie germanique, immémoriale, surgie du fond des âges pour nier les progrès de la conscience ; d'autre part, désignant une victime d'élection, déjà prise au piège de lettres qui semblaient se tordre dans la douleur des flammes, ils rassuraient les Aryens en leur promettant la protection et la paix : vous serez en dehors du jeu exaltant du barbare et de l'ignoble, ni victimes ni bourreaux, simples spectateurs terrifiés. Je me souviens du regard que me jetait la vendeuse de journaux chez laquelle, peu de temps avant la déclaration de guerre, j'achetais quelquefois le *Völkischer Beobachter* ; que je fusse un émigré allemand ou un espion, quelle différence cela pouvait-il faire, pour elle ?

Ce que je conservais intact, en revanche, c'était la capacité de raisonner, même si cette logique s'exerçait désormais sur des prémisses sensibles erronées. Et ceci n'était dû chez moi qu'à un dosage constant entre le silence et la parole, qui me permettait de parler au moment précis où je sentais que mes paroles auraient leur meilleur effet. J'ai toujours été fasciné par l'art de l'orateur, je l'ai dit : on m'avait parlé de Jaurès, j'avais aimé entendre le vieux Rappoport et Léon Blum, l'élocution parfaite de Pétain lui-même, la musique méridionale de Vincent Auriol, les voix puissantes d'Édouard Herriot ou de Daladier ; j'aimais sentir comment l'incohérence native de la pensée et des émotions avait été maîtrisée, réduite au silence pour que s'élève une voix qui était pure humanité selon mon goût. L'influence exercée sur l'auditeur était double : il ne se contentait pas d'entendre et d'apprécier les paroles prononcées ; il entendait aussi, grâce au raisonnement intérieur, les pensées et les émotions tues, et saisissait la valeur de leur absence. Car cette parole vraiment éducative ouvrait au plus large public le domaine de l'ironie (qui est la vraie faculté politique), de la réticence, de l'insinuation, de l'allusion, du sourire. La parole de Hitler, au contraire, était la quintessence de l'émotion brute. À la différence de l'orateur démocratique, Hitler, par sa parole, la plus travaillée qui fût, voulait donner à son public l'illusion qu'il ne faisait que lâcher la bride aux passions naturelles – rancune, angoisse, colère – que chacun porte en soi. Mais ceux qui entraient dans le charme ou la magie de son discours reconnaissaient par là même que Hitler était, par miracle, le seul capable de traduire en mots ces émotions habituellement muettes ou inarticulées, voire interdites par les règles de la vie civile ; et ils s'attachaient d'autant plus étroitement au Führer qu'ils voyaient en lui l'homme exceptionnel apte à leur restituer ce qu'ils avaient de plus intime, qui sans lui aurait été condamné au silence. Il me semble que, même non juif, je n'aurais pas cédé à la sirène, tant j'attachais de prix à l'empire que j'avais pris sur mon silence.

Il m'arrivait certes de laisser exploser en accès de colère ce qui aurait demandé un discours plus composé. C'était à chaque fois pour moi une défaite, lorsque je constatais que ce qui aurait dû aller de soi, entre mes proches et moi-même, requérait explicitation. Mais comment pourrais-je décrire ce qui m'a le plus échappé ?

Peut-être le pourrais-je, si je mentionne ce qui s'insérait de plus en plus, non pas dans l'enchaînement logique de mes pensées, resté solide ou peu s'en faut, mais dans le contenu même de mes pensées. Des corps.

Ou plutôt des membres détachés, en des visions furtives que je gardais d'autant plus clandestines qu'elles étaient injustifiables, se mouvant à la frontière, s'il en est une, de l'érotique et du sanguinolent. Leur retour imprévisible m'effrayait tellement que je n'eus aucun scrupule à accepter les drogues neuroleptiques qu'on finit par me prodiguer, lesquelles, tant que durait leur effet, ou bien supprimaient ces visions, ou les rendaient si inoffensives que je n'en éprouvais aucune gêne ni n'en gardais même le souvenir. Mais ceci ne se produisit qu'un peu plus tard.

Je n'ai garde d'oublier le récit que je me suis promis de donner de ma visite à ce neurologue en lequel je n'avais d'avance, malgré la chaude recommandation d'un ancien condisciple parisien, qu'une médiocre confiance. Peur aussi, de cette technique que je connaissais mal, électrodiagnostic, électroencéphalogramme. Il faut se trouver en dehors du champ d'exercice de ces appareils pour en sourire.

Par quoi commencer ? J'y allai en taxi avec mon fils. Son cabinet se trouvait en effet dans une petite station thermale éloignée d'une cinquantaine de kilomètres ; les horaires de chemin de fer, très malcommodes, nous imposaient cet arrangement. Pourquoi mon fils, et non ma femme, comme il aurait été normal ? Sans doute espérais-je de l'apparente froideur de nos rapports un apaisement à mon angoisse. Ma femme, elle, aurait mal su dissimuler sa sollicitude, et je préférais une indifférence plus discrète. Il aurait pu, il est vrai, m'y conduire en voiture ; ou bien était-il trop jeune pour conduire ? Je ne me souviens plus. Il aurait d'ailleurs été plaisant de se faire conduire dans cette voiture de louage, n'eût été le chauffeur, qui ne savait pas se tenir à sa place, et se croyait sans doute autorisé à se mêler à nos propos parce qu'il prétendait ne nous demander qu'un tarif de faveur ; n'eût été aussi le but de notre voyage. Le bon sens compte pour peu dans les moments essentiels, et j'avais du mal à m'empêcher d'attendre de cette visite un résultat ou catastrophique ou miraculeux. Le soleil était éblouissant, il me fallait ajuster sur mes lunettes une paire de verres fumés protecteurs qui glissaient sans cesse, et aboutissaient à me rendre presque totalement aveugle, sauf pour de rares coups d'œil, mais ceux-là couronnés d'un plein succès, me donnant accès à un paysage baigné d'une lumière atténuée, où le vert sombre de l'herbe jouait avec celui des arbres et des haies sans effort ni ruptures, mais comme dans un monde infiniment éloigné et fugitif dans lequel on ne pénétrait qu'à la dérobée. Mon fils parlait peu, sans doute pour les raisons que j'ai dites. Quant à moi, je ressassais interminablement dans ma tête les paroles peu consistantes que je dirais au médecin, à l'arrivée et pendant l'entretien. Au fond, quelque maigre confiance que j'eusse dans le sérieux de la neurologie, je savais que ce qui se jouerait là serait mon statut par rapport à la science médicale ; j'avais été jusqu'alors l'un de ses représentants, et son justiciable uniquement par accident. Je risquais de sortir de son cabinet étiqueté « chronique ». La différence du chronique à l'aigu n'est pas seulement de durée de l'affection (l'aigu se définissant comme un chronique en miniature) ; c'est plutôt que la maladie chronique se voit ôter tout autre recours que le miracle ou la médecine, et devient donc tributaire de cette dernière, qui souvent constitue en entité descriptive une difficulté à vivre qui semblait indescriptible. Dès lors, le malade est comme habité par un phénomène qui lui échappe, vit de sa vie propre, fors le contrôle que le médecin sera capable d'exercer en fonction d'une certaine stratégie. Or le médecin n'est qu'un homme, et la médecine, comme toute autre discipline, peut subir l'influence néfaste des modes et de la prétention intellectuelle. De plus, dans ce cas particulier, je savais d'avance – et ce fut confirmé – que toutes mes paroles et tous mes gestes seraient interprétés, et que l'attention dont userait le spécialiste pour distinguer ce qui chez moi était déclaration de ce qui était symptôme, aboutirait forcément à me déposséder du sens plein de mes paroles, dont une partie serait considérée comme pur automatisme que lui seul aurait le pouvoir de doter de signification. Du coup, ce ne serait pas seulement de mon malheur que je serais privé – sans cesser d'en subir les inconvénients – mais aussi du regard que jusqu'à ce jour-là je ne me privais pas, comme tout un chacun, et peut-être plus, de jeter sur lui, puisque c'était précisément ce regard-là, au sens propre et au figuré, qu'il s'agissait de soigner. Puis la voiture arriva, un peu en avance, mais je préférai entrer dans l'ombre de la salle d'attente plutôt que de rester dehors à faire les cent pas sur le gravier, ébloui par l'alternance brutale de clair et d'obscur. Et lorsque le médecin vint me chercher pour entrer dans son cabinet, je priai mon fils de m'attendre dehors.

Eh bien quoi ? Il me fit me déshabiller, et je le sentais m'observer avec ce regard sec et proche de l'ironie que j'avais appris moi-même à pratiquer, pendant que je m'empêtrais dans mes vêtements flasques et méconnaissables ; puis me fit marcher les bras tendus, ou un seul ; éprouva ma vision, avec une impatience sensible dans la voix quand je ne reconnaissais pas les figures géométriques qu'il me demandait d'apercevoir, et que je lui demandais de me les nommer à nouveau, incertain si j'avais mal entendu ou s'il s'était trompé, ou si en effet je ne voyais rien de ce que j'aurais dû voir. Il me fit m'accroupir, tourner les yeux fermés, et je perdais le peu de contenance que je m'étais composée. Puis je m'allongeai sur un divan et il disposa sur ma tête les électrodes.

Tout cela sans cesser de parler, de me questionner, de me harceler ; et j'en étais encore à supputer en moi-même la fin d'une phrase que je venais à peine de commencer à articuler qu'il m'interrompait, comme ayant compris mieux que moi ce que je pouvais avoir à dire, pour me poser une nouvelle question ; ainsi perdais-je le peu d'idées qui me restait, et ne pouvant, malgré la situation ou à cause d'elle, me rendre tout à fait docile, j'essayais de reprendre ma phrase dispersée par le son désagréable de sa voix plutôt que de faire résonner dans mes oreilles la phrase qu'il venait de prononcer, la laissant ainsi se perdre dans l'oubli ; et il attendait avec une impatience croissante ; il me fallait alors lui demander de répéter. Et cette surdité apparente, il l'interprétait de la façon qui m'était la plus défavorable, inévitablement. Soit qu'il considérât que mon gâtisme se parachevait de cette infirmité supplémentaire, soit qu'il y vît à juste titre, mais sans comprendre mes motifs, une preuve de mauvaise volonté de ma part.

Et les aliénés d'Angoulême ? Pétris de mauvaise graisse et d'ennui, exclus à jamais de la science, sauf pour en être l'objet, hommes et femmes inhumains partagés entre le silence et la pure originalité qui les faisait, lors de trop rares accès d'un délire redoutable, recommencer le monde sans espoir d'être entendus. Que pouvait leur faire de voir sortir de leurs oreilles de gros bouchons de cérumen, « véritables corps étrangers » comme je l'écrivais alors en un langage dépourvu de sympathie ? Ces voix qu'ils entendaient, et que je m'étais empressé de ranger dans telle ou telle subdivision classique des hallucinations auditives, n'étaient-ce pas des bourdonnements inouïs par lesquels se révélait à eux je ne sais quel aspect invisible des choses ?

Bien sûr, la perception juste, je dirai que c'est celle dont les suites sont heureuses pour celui qui en est le siège : celui qui sait traverser une rue, saisir une casserole d'eau bouillante par son manche, creuser une cavité. Mais n'est-ce pas surtout l'adaptation entre la perception quelle qu'elle soit et l'action dans le monde, c'est-à-dire la soumission intelligente aux lois du monde, n'est-ce pas cette congruence qui permet la survie ? Perception vraie : il n'y en a que pour le regard immobile de qui n'a pas à marcher. Et alors, lorsque plongeant dans l'absence, sourd aux questions idiotes du neurologue, à qui je laisse une prise dérisoire sur moi en prêtant mon cuir chevelu à ses électrodes, je me sens posséder par une odeur de buissons, de vieux cuir, par une brise parfumée qui mêle en exactes proportions, puis confond, les effluves significatifs d'une enfance indestructible, est-ce que je ne suis pas dans la vérité ? Est-ce que je n'en saisis pas une parcelle irrécusable dont je me fais le... témoin muet ? Ou bien, si l'on me montre des photographies de personnes sur lesquelles je suis bien incapable de mettre le moindre nom, et on me dit : « mais c'est toi », et que je réponde, sensible, malgré le clair-obscur du papier, à une certaine forme fuyante qui n'est pas moi, pas plus moi qu'autre chose, mais qu'il a été convenu par commodité d'identifier à moi, et on a patiemment appris aux enfants à mettre le nom qu'il faut sur la bonne chose, à lire les images dans la glace et les photographies, on me dit : « c'est toi », et je réponds :

« oui, si on veut », ce qui fait rire mon fils, agace ma fille et peine ma femme. Je les comprends, furieux de me voir décrocher du monde, de ce lien apparemment si stable et si solide entre nous, réserve de choses à connaître parmi lesquelles chacun de nous a aussi une place. Mais je décroche du monde par soif de le connaître dans sa saveur et ses odeurs, son goût peut-être ; mon corps se parcellise, se démantibule, se désaccorde comme si la pauvre musique de son fonctionnement était étouffée par une musique plus puissante à laquelle il doit se soumettre. Oui, le monde est à lire, je n'en disconviens pas, mais ce n'est pas de rester les yeux grands ouverts qui facilite la lecture ; il y a par exemple des textes sacrés, on apprend aux enfants l'alphabet qui ouvre ces livres, ils se penchent dessus et s'y usent les yeux, puis un jour vient où même les lunettes les plus puissantes ne peuvent rien pour les rapprocher des lettres, et c'est dans le noir de la cécité qu'ils lisent les textes inscrits en eux-mêmes.

Que voulais-je dire ? Pauvre mémoire. L'anomalie m'ouvre à quelque chose d'ancien que j'avais négligé. Au-delà de la fiction qui fait considérer le monde comme le livre de tous, dépôt incontestable, j'entrevois qu'il est plutôt, sans arbitrage possible, la nourriture de chaque anomalie de la matière vivante. Nous sommes ouverts par les défauts que sont nos sens. Mais je philosophe, que dira-t-on !

Ai-je seulement répondu à ses questions ? La séance finira bien par finir. Ajoutant maladresse à maladresse, je veux pour conclure, et pendant qu'il gribouille une ordonnance, rappeler – j'espère ne pas l'avoir déjà fait – le nom de la sommité parisienne qui… mais quel est ce nom ? Si simple pourtant, et pensez-vous qu'il m'aiderait, il scrute mes efforts sans indulgence, je suis pour lui un enfant aux paroles vaines. A-t-on des égards pour le cadavre qu'on dissèque ? Les étudiants de Bordeaux, malgré quelques plaisanteries aussi rituelles que les cigarettes qu'on allumait à l'entrée de la salle, respectaient à leur façon les corps inertes qu'on leur avait confiés pour quelques jours. Aussi bien le corps muet et disponible d'un mort est-il pour le médecin un client plus acceptable que le cacochyme qui prétend être quelqu'un. Mais j'exagère, par la faute de ceux d'entre nous qui caricaturent la médecine.

Enfin je me rhabille comme je peux, il appelle son assistante pour m'aider, je balbutie que non, mais elle a ses ordres qui valent mieux que mes protestations, nous sortons en plein soleil sur le perron, en bas des marches mon fils nous regarde, à quelques pas derrière lui sans doute le chauffeur, « Bonjour, Monsieur », dit le médecin, « C'est mon grand fils, dis-je, voilà ce que c'est que de vieillir », le médecin me tenant fermement par le bras pour commencer à descendre les marches : « Mais non mais non, c'est plutôt une sorte de dépression nerveuse », quelle dépression nerveuse ? D'ailleurs quel est son diagnostic, un charabia sans précision, il veut dire sans doute qu'avec ses soins on pourra renverser le cours de la dégénérescence mais le croit-il ? Mon fils ne me demande rien, sans doute pas par indifférence. « Ta braguette est ouverte, papa. » Nous repartons.

Qu'ai-je raconté en somme ? Une après-midi fatigante et sans profit. Dorénavant je devrai m'adresser ou me faire adresser ailleurs ; soit à un neurologue plus réputé, soit plutôt, mais là je dois dresser ce portrait, mêlant les époques un peu, puisqu'en effet je l'ai rencontrée. Mais plus tard, peut-être trop tard.

Ou bien un neurologue réputé, dont la science éprouvée, l'expérience clinique riche et variée, la finesse dans le diagnostic… mais tout cela ne l'empêcherait pas d'être un neurologue, faisant profession d'une hypothèse (je pense m'être suffisamment expliqué sur ce point). Donc, ou bien lui, faute de mieux, ou bien quelqu'un d'autre, qu'il me faut définir tel qu'il soit par nature accordé à mes maux. Je veux dire un ophtalmo capable de voir plus loin que sa spécialité, ou qui saurait inscrire cette spécialité dans le cadre plus vaste d'une expérience médicale authentique ; non pas en interprétant les cas présentés à l'aide d'une quelconque méthode à la validité prétendument universelle, mais en sachant reconnaître dans le spécifique de l'affection le cas particulier et comme la réalisation dans un individu d'une dissonance qu'aucune spécialité ne peut revendiquer comme sienne ; non pas l'indicible, mais la souffrance impossible à embrasser. Quelqu'un qui comprenne – mais il n'y aurait pas à le lui dire, ni à l'entendre le dire – dans quelle relation inédite la maladie place l'homme avec le monde, au-delà de la vérité pratique, mais d'une vérité inutilisable.

Curieux cette façon que j'ai de m'exalter sur des abstractions ; j'éprouvais cette recherche du médecin idéal comme une envie de parler et de me confier, envie que j'ai rarement éprouvée à ce point, et que je satisfais seulement aujourd'hui en partie, à cause de la neutralité de mon interlocuteur. Une personne familière sans familiarité ; non, plutôt... mais comment créer avec des mots qui filent entre les lèvres un être vivant, je sais pourtant ce que j'imaginais.

En effet, venant confirmer ce qu'il y avait de véridique dans ce désir, j'ai fini par rencontrer le médecin le plus capable de me venir en aide : ce fut lorsque, à la veille de déménager pour nous fixer à Paris, près de nos enfants déjà installés dans la vie, malgré l'inconvénient d'une réadaptation à la vie parisienne, j'ai eu connaissance du nom d'une ophtalmologue, chef de service aux Quinze-Vingts, dont on disait le plus grand bien. Évidemment, je dus à nouveau me soumettre à quantité d'examens et de tests pénibles, dont on ne m'épargnait aucun, bien qu'un dossier sans doute volumineux accompagnât désormais mes visites aux spécialistes, l'incertitude des procédures d'examen décourageant chaque médecin, conscient de sa propre perplexité, de faire confiance aux conclusions de ses prédécesseurs. Mais enfin je fus reçu par elle, et elle me surprit en m'accueillant d'une voix douce, en prêtant une oreille attentive à mon exposé, me laissant ainsi reprendre confiance en moi-même, se souciant de mon confort tant moral que physique, et surtout manifestant qu'elle ne me jugeait pas indigne de recevoir communication de ses propres impressions et hypothèses, lesquelles je jugeai raisonnables et méthodiques, étayées d'arguments suffisants. Et puis nous étions à peu près du même âge, elle peut-être un peu plus jeune, en tout cas la voix mieux timbrée que la mienne mais sans dureté aucune ; je reconnaissais dans sa bouche le vocabulaire médical qui était aussi le mien, le souci magistral de n'avancer que pas à pas, et seulement une fois que la vérification des données précédentes a été faite. De plus, elle-même était atteinte de troubles assez graves de la vision, dont elle ne me donna pas le détail, me laissant toutefois entrevoir qu'elle comprenait de l'intérieur et pour les avoir éprouvés certains des symptômes que je décrivais. Curieuse rencontre, douloureuse aussi, puisque je trouvais en elle, au-delà de mes espérances, et quelque sourdine que j'imposasse à mon enthousiasme, une sorte d'autre moi-même, toutes proportions gardées, mais en possession de ce que le savoir médical a de magie et de puissance, comme si le destin m'avait permis de faire naître de moi-même, telle une Ève sortie de la côte d'Adam, au moment où j'en avais le plus besoin, celle par la bouche de qui je pourrais parler aisément – à moi-même. Quelque plaisir pourtant que j'éprouve à prolonger artificiellement – par des phrases qui curieusement en ce moment-ci et sur ce sujet me viennent sans effort – un moment ensoleillé de mon existence récente, il me faut en venir à l'essentiel (et si je tarde à le dire c'est qu'en quelque sorte je ne sais comment me l'annoncer à moi-même, atténuer la brutalité de la nouvelle qui m'apporta l'irréparable, par un coup de téléphone de mon gendre, qui ne semblait pas mesurer la gravité de la chose) : qu'elle est morte, peu de temps même avant la date fixée pour mon prochain rendez-vous, au cours duquel elle avait laissé entendre qu'elle se prononcerait, au moins provisoirement, sur la nature de cette affection dont je me pris à penser qu'elle aussi avait été la victime.

Et de toute façon je ne sortais pour ainsi dire jamais bien nettement d'une sorte d'existence crépusculaire que seule cette visite aurait eu le don d'illuminer, fût-ce brièvement. J'avais enfin totalement cessé d'exercer, mais il me semble que ceci s'est produit il y a si longtemps que je me demande à présent si je me trompe dans la chronologie, ou si en fait je n'avais pas, pendant des années, cru exercer mon métier, ne faisant en réalité que simuler pour permettre à quelque individu sans scrupules d'assumer le pouvoir effectif. Mais cette entrée dans le repos fut elle-même interminable, j'avais rêvé d'une interruption brusque, permettant au vide d'être immédiatement comblé par des distractions ou des occupations d'une autre sorte, marquées au sceau de la liberté. Non, je n'en finissais pas de finir, pendant des années, n'éprouvant jamais plus le sentiment quelquefois exaltant, la fatigue réparatrice d'un travail accompli sur lequel on peut se reposer. Quelque menu travail que je fisse de mes mains était destiné à recevoir d'un autre la touche finale sans que je pusse m'y opposer, ni que je le voulusse même, tant l'incapacité se doublait en moi, comme d'une ombre mauvaise qui était la résignation. Moi, l'obstination même, recouvert de fatigue. Alors, mes contacts avec l'extérieur se sont réduits : j'ai renoncé aux journaux, d'abord au *Monde*, dont les caractères sont trop minuscules, et je n'ai gardé que le journal local, pour me tenir au courant de l'état civil, surtout des décès, qu'il est jugé impardonnable de ne pas saluer par quelque marque hypocrite mais rituelle de sympathie ; mais celui-là aussi devenait illisible et je me bornai à m'en faire lire des extraits par qui voulait bien ; mais on ne sait pas lire à haute voix : il y faut un minimum de mise en scène, de sens du drame, sans quoi les phrases se désarticulent et engloutissent les mots porteurs de sens. Je jetais tous les jours un coup d'œil sur le quotidien yiddish dont j'ai dû déjà parler, et c'était bien rare si une ligne ou deux, une phrase de titre, ne se présentaient pas à moi dans leur intégrité ; mais que je veuille poursuivre, et les lignes se chevauchaient, les lettres se confondaient. Le sens m'échappait, tombait dans une zone sombre au centre même de mon champ de vision. Parlant de lire, je dois dire quelques mots de la façon dont nos juifs lisaient l'hébreu. Quiconque entre dans une synagogue sera frappé par un bourdonnement incohérent, un mélange de voix assurées ou chevrotantes dont on peut se demander si toutes disent le même texte. Non. Car si l'officiant donne le ton général et indique fortement à quelle portion de la prière il en est, il n'est pas interdit à chacun d'aller son rythme, c'est même plutôt une preuve de grande piété, quelquefois ostentatoire, d'aller plus lentement que le reste des fidèles, avec le souci de donner à chaque verset, voire à chaque mot, la place qui lui revient. Et si un fidèle arrive en retard, son devoir est de commencer pour son propre usage l'office depuis le début, plutôt que de prendre paresseusement le train en marche. L'office est collectif, mais nombre de prières sont individuelles. De surcroît, la majorité des fidèles ne sont pas grands clercs, quoi qu'ils disent, ès lettres hébraïques ; ils se souviennent des paroles chantées pendant leur enfance, debout à côté de leur père et suivant son rythme marqué d'un doigt impératif sur le livre ; bien sûr il leur a fallu apprendre à lire, et emmagasiner par cœur une grande quantité de textes. Devenus adultes, ils ne lisent plus qu'à moitié : la mémoire leur souille le reste. Et même ceci est trop dire ; car ils peuvent compter aussi sur la voix forte de l'officiant, et sur les murmures, plus ou moins informés, de leurs voisins. D'où l'apparence de confusion que donnent les hymnes partagés entre les voix de tous.

Pourquoi cette évocation ? Ah oui, la lecture du journal. Mais toute lecture progresse avec cette même prétérition, cette précipitation à la fois assurée et en quête de réconfort. L'œil du lecteur s'appuie sur un aveuglement partiel, où il puise les forces nécessaires pour poursuivre son déchiffrement. Or ce qu'il y a de particulier dans le style du journal dont je parle, c'est qu'il repose de façon privilégiée sur l'emploi de stéréotypes, d'expressions populaires proprement intraduisibles, d'allusions à des classiques de la littérature populaire ou du folklore, à des dictons humoristiques. Essayons de débrouiller la situation : le livre de prières, à la synagogue, est écrit dans une langue que personne ne parle, un hébreu médiéval fleuri, mais en caractères familiers, sortes de guides grâce auxquels on retrouve la voix qui chantait jadis ; le journal, lui, écrit un texte que d'ordinaire on parle. Ainsi le texte de la prière est-il avant tout guide-chant, ligne mélodique faite de mots presque sans signification, par l'entremise de laquelle pourra revenir à la conscience et dans le corps une atmosphère religieuse ; alors que le texte profane du journal est une construction à partir d'éléments significatifs, dont chacun prétend à la dignité, à la parole, serait-il un cliché aussi vide que « fortes précipitations » ou « discussion approfondie ». Des paroles, j'étais et suis rejeté vers la musique.

Homme de livres, écoutant une voix derrière eux.

Encore un mot – mais il me faut faire vite, pour saisir cette matière qui me fuit, tant je suis près d'elle : je pense être en pleine possession de mes moyens intellectuels, à condition de les employer dans l'instant. Je suis pleinement présent à moi-même, mais chacune de ces présences tend à s'isoler radicalement de la précédente ; et la suivante l'effacera. Pourquoi faut-il que je ne connaisse personne qui tolère la discontinuité que j'habite ? Pourquoi faut-il que les rares rencontres que je fais encore m'obligent à mimer entre les états de conscience un lien que je ne ressens plus ? N'y aurait-il communication entre les êtres que dans la succession, et jamais dans l'instant ?

Ce que je viens d'appeler *instant*, la médecine l'appelle *rémission* : je connaîtrais des instants, rares ou contigus, de rémission euphorique. La médecine, et les gens sensés. Tout est centré sur l'individu, au lieu de l'être sur le singulier, sur l'individuel ; or l'individu est cette construction continue, ou qui prétend à la continuité par-delà le discontinu des instants. Comment faire autrement ? Pourtant, il y a des instants de fête où il semble que l'on communie, ou communique, précisément dans le discontinu, le fragmentaire, par éclairs ; dans l'humour, le rire, la douleur.

Je n'écris plus depuis longtemps il me semble, depuis longtemps je ne sais plus à quoi ressemble ce que je dicte, ni même ce que c'est que « longtemps ». Je ne parle pas beaucoup non plus en dehors de ces séances, même mon discours intérieur est interrompu par de longues absences. Le monde continue son trajet dans la plénitude et je n'y ai plus part. Séances ? comme des séances de pose devant un peintre, ou un sculpteur, ou des séances de rayons. Par exemple l'argent : il y a eu cette funeste dévaluation, accompagnée d'une réévaluation nominale. Je sais que je ne suis pas le seul à avoir été troublé par l'introduction des « nouveaux francs », mais beaucoup de vieillards avec moi. Je sais ce qu'est une dévaluation, j'en ai connu d'autres ; mais quelque chose m'échappe dans celle-ci. Oui, c'est par cent qu'il faut multiplier, ou diviser, mais mon esprit n'est plus assez agile ni assez futile pour s'y faire : il voudrait se fixer, se reposer sur un concept stable : le franc, c'est le franc (les Français en étaient-ils assez fiers !). Or, voici que mes contemporains sont devenus subtils au point de mêler les comptes en anciens et en nouveaux francs. À peine quelqu'un demande-t-il parfois : « anciens, ou nouveaux francs ? ». Mais moi qui ne suis plus sûr du prix des choses, prix qui après avoir progressé de façon uniforme s'est trouvé du jour au lendemain transformé dans son essence même, voilà que je n'ai plus de rapport aucun à la notion de prix. Adieu l'argent. J'ai bien renoncé depuis des années à déchiffrer les lettres tarabiscotées des inscriptions publicitaires ; et les portes vitrées, ces portes qui dissimulent leur réalité de portes, dans les aéroports, les immeubles neufs, les halls, les architectes persuadés sans doute que le grand chic est qu'une porte ressemble à s'y méprendre à un horizon, ou à de l'air. Il m'est arrivé plusieurs fois – je ne suis sûrement pas le seul – de manquer m'assommer contre ces parois sadiques. À qui donc cette nouvelle société est-elle réservée ? Aux fantômes ?

Je m'imagine dans un village, ou un kibboutz, parfaitement content. Ce qui m'a toujours gêné et que la maladie exacerbe, c'est la conviction que la société n'était pas qualifiée pour vivre à ma place, pour continuer ma vie sans moi ; soit parce qu'elle m'était étrangère, à proprement parler, soit parce qu'en définitive elle ne vivait pas elle-même, uniquement victime du jeu de ses apparences. Je préservais d'autant plus jalousement ma singularité, au temps où elle pouvait rayonner, que je ne lui voyais pas de prolongements possibles en dehors de moi. Nous sommes allés en Israël il y a quelques années, ma femme et moi. C'était déjà trop tard. Je me vois assis sur un banc au soleil, sans parler, abandonnant peu à peu ma mémoire et ma parole à tous ; et, comme souvent déjà, j'aurais, en entendant un enfant rire, la soulageante impression que ce rire me libère.

Ceci n'a pas été, et il faudrait rien moins qu'un tapis magique pour l'accomplir. Et ma pensée se perd dans un espace inconnu, incohérent, incommunicable et douloureux. Je vois des membres d'étrangers, des corps humains blancs et qui n'ont d'humain que l'anatomie. Corps mus par la haine, l'animalité, la violence ; des corps qui ne sont que corps ; doués d'une robuste santé, malodorants, de la charcuterie. Avant qu'ils ne m'emportent et me fassent taire, je voudrais anticiper leurs paroles : « Nous vous laissons la victoire, puisque vous êtes morts. » Quand bien même je parviendrais à articuler une phrase entière, ce sont leurs mots qui sortiraient de ma bouche.

Je dégorge, comme un escargot sur une pierre sèche, et qui agonise. Il faudrait une pluie tiède ou fraîche de printemps... mais cet été étouffant, le soleil éblouissant et froid d'hiver, les mille agressions de la nature irritée et cruelle, les maux de tête et de ventre, sommeil lourd de l'après-midi, et tout ce temps vide et menaçant qui sera de l'attente sans repères. Comme, souvenez-vous, les enfants à qui l'on dit d'attendre : « Combien ? Encore longtemps ? » – « Non, pas très longtemps, bientôt on arrive. »

Puis ils apprennent à compter le temps, et oublient presque ce qu'était ce « longtemps » qui les tracassait ou les torturait. Ils découpent le temps en tranches, pour en disposer, comme il convient. Je suis sûr que mon scribe n'écrit pas tout ce que je lui dicte, mais comment vérifier ? Quelle importance ? C'est un exercice : tout ce que j'ai de pensée se réfugie et se concentre dans ces courtes séances de travail ; le reste du temps je ne suis que glaise informe. Pas mal. Je crains la mort, la souffrance solitaire, le lit d'où l'on ne sortira pas vivant, les étrangers verticaux qui promènent leurs yeux sur votre lit, comme des mouches. Chez nous, les mourants récitaient des psaumes, avec de temps en temps, comme un refrain, le *Chema Israel* que l'on doit avoir sur les lèvres au dernier moment, parce qu'on ne sait pas quel est le dernier moment, une sorte d'extrême-onction à répétition qu'on s'administre à soi-même. Amusant. Je ne crains pas vraiment la mort, plutôt la bêtise sans recours. S'il y a un Dieu, je pense qu'il regarde en pleurant l'extrême distance à laquelle les hommes sont de lui, sans y rien pouvoir, un Dieu qui est notre tristesse concentrée. Il ne change rien, il faut simplement s'adresser à lui comme il faut, est-ce une simple superstition, pourtant une langue sacrée, ça existe.

Non, j'ai peur du stratagème, du guet-apens, de l'erreur totale et inexcusable vers laquelle je m'avance. On m'a relu ce paragraphe mais je ne le corrigerai pas, il est trop tard, et puis c'est trop cher pour le gaspiller. On ne peut pas vivre la vérité, on a juste la possibilité de s'apercevoir à quel point, de combien, on l'a manquée. Condamné à déclarer à des passants indifférents combien on se sent seul. Ce n'est pas ça : c'est la voix des autres qui parle.

Je lisais beaucoup autrefois, je veux dire des romans, sans croire pour autant à la littérature, par distraction. J'aimais qu'un livre décrive avec vérité tel milieu, telle époque, et les Français sont réputés pour la « psychologie ». Il n'y a pas loin de Bergson à Paul Bourget. Les écrivains ici sont souvent des professeurs de lycée, ils ont vu peu de choses, les coucheries sont leur exotisme. Tchekhov était médecin, et quel autre musicien russe ? Je me souviens de cette phrase merveilleuse dans une pièce : un homme est effondré dans un fauteuil et lit le journal et, au milieu d'un silence angoissé – car la situation le veut, on s'attend à un suicide, à une faillite, à une crise de nerfs –, on l'entend dire ces mots : « Balzac s'est marié à Berditschev. » Surtout que Berditschev ! Le musicien russe qui était médecin, c'est Borodine. Je crois. Berditschev, c'est le lieu rêvé pour une histoire juive. Le dernier roman que j'ai lu, c'est mon fils qui me l'a lu à haute voix plutôt, a été *Le Dernier des justes*, un roman qui a eu beaucoup de succès, puis on a prétendu que c'était un plagiat de je ne sais quel ouvrage historique, comme si un romancier n'avait pas le droit de se documenter. Ce qui m'avait stupéfié, c'est le don de divination de son auteur, un jeune homme qui n'avait pas pu ressentir lui-même les sentiments de ses héros, pas de tous en tout cas. Il y avait une scène, lors de l'entrée des Allemands à Paris, le jeune homme était assis sur un banc avec la jeune fille qu'il aimait, dans ce moment où l'on sentait que la chasse à l'homme allait commencer, et je me souviens bien comment, sans que personne le dise, nous étions partagés entre le désir de faire n'importe quoi, pour qu'on en finisse, et la nécessité de faire ce qu'il fallait, parce que nous étions responsables les uns des autres. Certains se sont suicidés, et personne ne les blâmait, ils ne faisaient que mettre à exécution une idée de tous, en se suicidant ils nous aidaient à mourir. Bref, le jeune homme et la jeune fille sont dans une chambre, et pour la première fois ils se déshabillent, comme s'ils étaient déjà mariés, lentement et en tremblant de peur. Ce qui est extraordinaire dans cette scène, c'est comment chacun voudrait rassurer l'autre en lui faisant croire qu'il n'a pas peur, mais ce n'est pas possible, et finalement c'est plutôt la peur désespérée qui les rapproche parce que c'est un sentiment si fort et si épouvantable qu'il les empêche de mentir. D'ailleurs ce n'est pas cette scène que je voulais évoquer mais une autre, bien avant la guerre, avant même la venue de Hitler, lorsque le héros, ou un de ses ancêtres, est sur le bord d'une rivière au moment où l'été chante et bourdonne le plus, il regarde l'eau courir et les poissons, la vie la plus exubérante de la nature, la verdure presque excessive et aveuglante ; il est seul et sans recours, c'est un enfant qui ne vieillira pas et restera toujours attaché à ce bout de rivière au soleil, que lui est-il donc arrivé ? Je ne me souviens plus, mais j'avais été étonné de la pénétration de l'écrivain : quel âge pouvait-il donc avoir ? Moins de trente ans il me semble, et il était capable de dire de la façon la plus précise ce qui se passait dans la tête de cet enfant qui aurait pu être son père, rêvassant tristement au bord d'une rivière d'Allemagne que lui-même n'avait jamais vue. Qu'y a-t-il de plus différent d'un homme qu'un homme plus jeune, qui peut-être emploiera les mêmes mots, mais les choses entre-temps auront changé, et le sens des mots eux-mêmes aura changé imperceptiblement, ce qui est le plus sournois, on dit « ville », on dit « rivière », « guerre », et ce ne sont pas les mêmes images qui se présentent dans les mêmes esprits. Or lui, il décrivait ce paysage tel qu'il avait été et comme s'il l'avait eu sous les yeux en écrivant, la ville de Francfort ou de Worms peut-être au bout du chemin, invisible, en tout cas en Rhénanie, le chien appelé par la solitude, les herbes dirigées par le courant. Ces choses sont au-delà de la mémoire. Par exemple, maintenant je suis fatigué et je vais m'arrêter, et quand je recommencerai j'aurai oublié de quoi je parlais, je serai comme un autre homme, mais ce paysage existera toujours comme s'il n'avait même pas besoin qu'un homme se souvienne de lui pour exister, tellement il est vrai : il a suffi que quelqu'un, une fois, l'aperçoive pour qu'il soit préservé de la destruction. Ou bien une autre fois mon fils essayait de m'expliquer, ou ma fille, sans doute ma fille puisque c'était peu de temps après la guerre, la grande mode de l'existentialisme, elle m'expliquait ce que ça signifiait, la fameuse formule « l'existence précède l'essence », ou peut-être je confonds avec une autre fois où mon fils voulait me l'expliquer. Au cours d'une promenade, au début de l'été, les blés étaient presque mûrs, on avait marché dans des chemins bordés de champs, au milieu d'une odeur lourde d'herbe et d'arbres, puis on s'est assis sur un talus, au pied d'un arbre, en bas on voyait l'Allier qui coulait, je veux dire qui brillait, tout en bas dans la verdure avec à côté la route où passaient des voitures minuscules. On avait chaud aux pieds. Il parlait donc, sans doute ne comprenait-il guère lui-même ce qu'il disait, moi en tout cas je ne l'écoutais guère sauf pour m'étonner de la conviction excessive qu'il mettait dans ses explications, une sorte d'acharnement ivre accroché à des mots qui n'intéressent personne. Il aurait voulu me convaincre, mais moi ça ne m'intéressait absolument pas cette histoire abstraite d'existence et d'essence, cette théologie catholique, et je n'avais pas non plus envie de lui faire croire que ça m'intéressait. Les enfants s'étonnent toujours de l'incompréhension de leurs parents parce qu'ils oublient leur propre indifférence à tout ce qui n'est pas eux-mêmes. Il est vrai que s'il n'y avait pas eu les livres nous nous serions assez bien entendus.

J'ai mal à la tête même en dormant, et souvent dormir me fatigue encore plus. C'est un tournoiement qui m'aspire, prend mes forces, et au lieu de me « laisser aller » au sommeil je dois lui résister pour qu'il ne me détruise pas complètement. Alors je me réveille pour me reposer un peu. S'il ne fait pas trop froid je sors, j'aime toujours marcher. J'ai l'impression de décrire mon emploi du temps à une cousine lointaine. Ça n'intéresse personne. Se souvenir aussi fatigue. Je n'ai jamais aimé me lever tôt, ou plutôt me lever sitôt réveillé :

il faut le matin un brutal ressouvenir, « c'est le jour », « c'est toi », « il est tard », des pensées qui salissent la journée dès qu'elle commence. Quand on traîne au lit on mêle le chaud plaisir de l'incognito avec la méditation sur les tâches à venir, et il se constitue un matelas de protection qu'ensuite on transporte avec soi. Maintenant j'ai ce matelas autour de moi constamment mais il est malade et le moindre son, une lampe qu'on allume dans un coin de la pièce et qui n'éclaire rien, une parole que je ne comprends pas, suffisent à le transpercer, et en dessous je suis si vulnérable que c'est comme si le matelas devenait amplificateur au lieu d'écran. On dit bien dans les premiers cours d'embryologie que l'ectoderme est à l'origine du système nerveux.

Impossible de me souvenir de ce que je voulais dire. Je suppose que la plupart des gens connaissent par intermittence cet état d'hébétude dans lequel je passe toutes mes journées, ne pensant rien que des débuts de pensées ; mais, si je ne m'abuse pas, eux ils commencent à penser et sombrent dans le vague, dans la paresse ne sachant où aller ; alors que je pars sur une impression d'idée dont je suis sûr qu'elle recèle toute une construction que je n'aurai ensuite qu'à exhumer et produire, ça se sent. Mais, du fait de la détérioration de mes facultés, à peine ai-je commencé à la découvrir que j'en oublie le début, qu'il me faut vérifier, etc. Je crois avoir déjà décrit ou pensé cela à propos des gestes de mon métier, qu'on s'y reporte. Pour moi, privé de tout moyen de notation, je suis condamné à perdre sans cesse un fil de plus en plus mince. Je perds le rythme aussi : il m'arrive de me réveiller, ma femme me dit que c'est le milieu de la nuit, sans plus rien à dormir, lourd de fatigue oui, les jambes molles, mais l'esprit tout picotant de fourmis insensées qui vont leur chemin sans se soucier de me dire où elles vont. Mon cerveau m'est devenu étranger ; il me communique avec condescendance de vagues souvenirs, incongrus le plus souvent. Mais je ne peux pas lui demander le moindre travail, sauf par surprise. La plupart du temps il semble qu'il se contente de relier machinalement entre elles des notions toutes faites, d'associer des mots sans aucun projet. C'est encore pour penser à lui que j'ai le plus de ressources, comme s'il me restait une trace, encore capable de faire un peu illusion, de l'organe postiche, du double qu'une longue habitude de l'introspection a adjoint à mon cerveau.

J'avais pensé autrefois à la vie des aveugles – ça ressemble à *La Vie des fourmis* que j'avais lue avec tant de plaisir autrefois – ou aux handicapés – comment s'appelait ce physicien soviétique condamné par un accident à ne se mouvoir qu'en rampant et pour qui on avait construit une pièce spéciale, avec des murs équipés de barres métalliques à tous les niveaux, auxquelles il pouvait se suspendre pour se déplacer ; le gouvernement voulait profiter tant que ce serait possible des lueurs de son cerveau.

Postface

PAR J.-B. PONTALIS

Comment ne pas avoir scrupule à ajouter quoi que ce soit aux pages qu'on vient de lire ? De quel droit s'immiscer, même discrètement, au sein de cette relation ? Je ne suis pas, moi lecteur, le destinataire de ce qui est… quoi ? Une lettre à un père ou une lettre à un fils ? Comment savoir ? Ce livre aurait-il deux auteurs ou, ce que je crois plutôt, est-il un livre *sans auteur* ?

L'étrangeté – le mot est de lui – du projet n'échappe pas à Pierre Pachet. Il le définit d'entrée de jeu : « La parole de mon père mort demandait à parler par moi comme elle n'avait jamais parlé, au-delà de nos deux forces réunies. » Le fils se réduirait donc délibérément à une fonction de scribe, il tiendrait la plume et c'est du père absent qu'on entendrait la voix longtemps étouffée. Soit, mais il est dit : « au-delà de nos deux forces réunies ». Alors, deux voix qui ne voudraient plus n'en faire qu'une ? Ou deux silences qui, au lieu de s'opposer, chacun se tenant à l'abri dans ses murs, coïncideraient enfin ? Car ces deux forces sont d'abord deux faiblesses si elles doivent recourir à l'écrit pour se rejoindre. Ne nous est-il pas rappelé que « l'amour des inscriptions traduit une impuissance à saisir les choses » ? Quelle fut donc l'impuissance partagée de ces deux-là qui n'ont jamais été *ensemble* ? (C'est avec sa mère que le petit Pierre jouait à la belote à deux...).

⁂

Que perd un fils quand il perd un père ? On l'ignore. « Qu'ai-je perdu au juste ? Que m'a-t-on enlevé ? » La question reste pour chacun sans réponse. Seule sa vie propre constituera la réponse, l'ombre portée du père accompagnera nos pas tout au long.

Peut-être tous les pères résident-ils en « pays lointain » – et les mères en « terre étrangère » – comme l'écrit Michel Gribinski. Mais celui-là, Simkha Apatchevsky, sans doute plus qu'un autre. Et pas seulement parce qu'il est venu d'une lointaine Russie, ignorée du fils, mais parce que sa solitude est manifeste comme le sont sa fatigue, son inconsolable chagrin et ses troubles digestifs.

C'est un homme taciturne que fascine l'art de l'orateur mais qui tient le dialogue avec sa femme pour « impossible par nature » ; cela ne va guère mieux avec sa fille ; quant au fils, « il ne disait mot », « il parlait peu », ailleurs il irrite mais, là, nous le pressentons, pointe un regret, nous sommes dans le malentendu, quelque alliance secrète, ce n'est plus par nature que l'échange est tenu en échec.

Cet homme n'aurait-il pour seul compagnon que le souci ? Il anticipe le pire – qui est souvent au rendez-vous. Il souffre de crampes d'estomac la nuit de ses noces, il a mauvais caractère, il est un tyran domestique, on ne lui connaît guère d'amis. C'est lui qui le dit, mais est-ce lui ou bien celui qui l'observe ? (à moins qu'il ne soit lui-même celui qui ne saurait que s'observer). Le docteur Apatchevsky se veut inaccessible. S'il se rend absent aux autres, c'est qu'il est d'abord absent à lui-même. Les autres pâtissent de cette absence. Il n'est pas sûr que lui-même en souffre. C'est son « autobiographie » qui lui dévoilera sa souffrance.

D'abord il s'observe tout comme son fils, au début du livre, l'observe (« Physiquement, à quoi ressemblait-il ? ») ; puis il se raconte, rapporte les étapes, il cherche à « comprendre l'enchaînement des faits ». Mais il ne peut pas s'imaginer, transformer sa vie en fiction, sa mémoire en rêverie. Il est impuissant à s'inventer, à *se dire,* tout entier accroché aux faits qu'il a pu consigner, comme si la mémoire n'était pour, lui qu'un agenda.

Que nous importe si c'est lui le père ou bien le fils qui décèle cette infirmité foncière qui n'est peut-être qu'une incapacité d'aimer, d'être porté hors de soi pour finalement se trouver, *soi* ? Que nous importe si c'est Pierre ou Simkha qui soudain s'interroge : « Qu'est-ce qui a fait la matière de ma vie et qui s'est évanoui de ma mémoire ? » De quelle bouche sortent ces mots terribles : « J'ai entrepris un travail d'autoscopie, conduite sur un sujet vivant ou plutôt mourant, *ce qui revient au même* » ? (je souligne). Pourquoi la mort semble-t-elle depuis toujours déposée en lui, ce « juif de son époque » ? Dans son corps, dans son cœur, dans son esprit. Elle y effectue son lent, son implacable travail, en silence.

Enfin s'avance la maladie *sans nom.* Une maladie qui affecte d'abord la vision (lire et relire l'admirable description de l'épisode de la voiture) et alors tous les repères vacillent car c'est la vision qui nous garantit un certain ordre du monde. Puis le mal altère irrémédiablement la perception du temps, de l'espace, le fonctionnement de la pensée. L'homme perd pied ou bien c'est ce que nous appelons la réalité qui, privée de ses assises, bascule dans l'irréel.

Et alors tout change pour cet homme, bien sûr, mais tout change aussi pour le fils, et pour nous, lecteurs. Cet homme qui, avouons-le, ne nous inspirait guère jusqu'alors de sympathie, que nous tenions à distance et examinions du dehors comme il le faisait vis-à-vis de lui-même, nous est maintenant extraordinairement proche. C'est quand son « cerveau lui est devenu étranger » qu'il devient de façon saisissante, totalement surprenante, notre prochain alors que nous n'avons pas nous-même la moindre connaissance des troubles qui le hantent. Le style du récit se modifie du même coup, mais sans rupture soudaine, telle la maladie gagnant peu à peu du terrain. Longtemps froid et précis comme celui d'un procès-verbal, voici qu'il se fait nuancé, se mue en poésie par brefs moments, quand il faut à tout prix saisir l'insaisissable.

Nous sommes témoins d'un bouleversement. Non pas « témoins » car nous resterions alors à l'extérieur : nous participons à une nouvelle expérience du monde qui rend la nôtre, habituelle, bien pauvre, bien rétrécie. La « conscience malade » accède à un monde que la conscience vigilante, que l'attention, soucieuse de cohérence et de continuité, ignorent nécessairement. C'est quand les autres et lui-même constatent que l'homme exilé « décroche », qu'il se lie comme jamais auparavant, maintenant qu'il a tout perdu ou presque, à tout ce qu'il avait méconnu. Et alors vient au fils l'envie moins de raconter la vie de son père que celle, autrement difficile, autrement impérieuse, de lui parler.

Mais il faudrait citer ici toutes les dernières pages de ce livre incomparable. Imaginons que le fils les lise au père, ces pages que son père lui a « dictées ». Il se risquerait à lui dire : « C'est toi » et le père répondrait : « Oui, si tu veux. » Le fils l'a voulu, il a voulu faire don de la vie à son père mort. Les deux forces, les deux faiblesses se sont réunies. L'impossible pari est gagné.

J.-B. Pontalis*

---

* Dirige aux éditions Gallimard les collections « Connaissance de l'inconscient » et « L'un et l'autre » ainsi que la *Nouvelle Revue de psychanalyse.* Il a publié plusieurs essais, un roman *Loin* et un récit autobiographique *L'Amour des commencements*.

Table

Du même auteur :

Le Premier Venu, essai sur la politique baudelairienne, Denoël, « Les lettres nouvelles », 1976.

De quoi j'ai peur, Gallimard, « Le Chemin », 1980.

Nuits étroitement surveillées, études psychologiques, Gallimard, « Le Chemin », 1981.

La Violence du temps, Fiodorov et Mourjenko, camp n° 389/36, Seuil, « L'histoire immédiate », 1982.

Du bon usage des fragments grecs, Le Nouveau Commerce, rééd. 1983.

Le Voyageur d'Occident, Pologne, octobre 1980, Gallimard, « Blanche », 1983.

La Force de dormir, études sur le sommeil en littérature, Gallimard, « NRF/Essais », 1988.

Un à un : de l'individualisme en littérature (Michaux, Naipaul, Rushdie), Seuil, 1993.

Le Grand Âge, Le Temps qu'il fait, 1993.

Platon, *La République : du régime politique*, traduction de Pierre Pachet, Gallimard, « Folio/Essais », 1993.

Conversations à Jassy, éd. Maurice Nadeau, 1997.

Les Baromètres de l'âme : naissance du journal intime, éd. revue et augmentée, Hachette/Pluriel, 2001.

L'Œuvre des jours, éd. Circé, 2001.

Aux aguets, essais sur la conscience et l'histoire, éd. M. Nadeau, 2002.

L'Amour dans le temps, essai autobiographique, Calmann-Lévy, 2005.
Loin de Paris, Denoël, 2006.
Avec Jean-Louis Faure, Bêtise de l'intelligence, (sur Arthur Koestler, Sartre et S. de Beauvoir), éd. Joca Seria, rééd. Nantes, 2006.
Devant ma mère, Gallimard, « L'un et l'autre », 2007.
Du Fragment, Ophrys, 2011.
Sans amour, Denoël, 2011.
L'Âme bridée, Le Bruit du temps, 2014.

Le Livre de Poche s'engage pour l'environnement en réduisant l'empreinte carbone de ses livres. Celle de cet exemplaire est de :
350 g éq. CO_2
Rendez-vous sur
www.livredepoche-durable.fr

PAPIER À BASE DE FIBRES CERTIFIÉES

Composition réalisée par JOUVE

Imprimé en France par CPI
en octobre 2016
N° d'impression : 2026432
Dépôt légal 1re publication : septembre 2006
Édition 03 - novembre 2016
LIBRAIRIE GÉNÉRALE FRANÇAISE
21, rue du Montparnasse - 75298 Paris Cedex 06

30/8287/2